世話好きで可愛いJK3姉妹だったら、おうちで甘えてもいいですか？2

はむばね

ファンタジア文庫

2956

口絵・本文イラスト　ＴｗｉｎＢｏｘ

世話好きで可愛いJK3姉妹だったら、おうちで甘えてもいいですか？

Sewazukide
Kawaii JK 3Shimai
Dattara,
Ouchide Amaetemo
Iidesuka?

2

はむばね

イラスト TwinBox

プロローグ　愛と溜《た》め息《いき》とカラダと大胆《だいたん》な行動と

「私、春輝《はるき》さんのこと愛してますから！」

愛してますからー……。

ますからー……。

からー……。

伊織《いおり》の発言は、なぜかエコーを伴《ともな》って聞こえた気がした。

少なくとも春輝にとっては、それだけのインパクトを伴っていたということであろう。

「……そういう方向にテンパったかー」

そんな春輝の傍《かたわ》ら、「あちゃー」とばかりに露華《ろか》が自身の目を手で覆《おお》う。

「……おぉ」

一方の白亜《はくあ》は、感心したように目を瞠《みは》っていた。

「…………………えっ？」

そんな二人の声を聞くとはなしに聞きながら、春輝は呆《ほう》けた顔で呆けた声を上げる。

（えっ、と……今、『愛してる』って言った……よな……？）

かなりハッキリと聞こえたが、内容が内容だけに聞き間違《まちが》いの可能性をまず疑った。

(俺のこと、を……?)

次いで、その言葉の対象を疑う。しかし、どう見ても伊織の顔は春輝の方へと向けられていた。というか、「春輝さんのこと」としっかり言っていたはずだ。

「…………あっ」

そんな中、当の伊織はハッとした表情に。

次いで、その顔が見る見る真っ赤に染まっていく。

それと同期するかのように自分の顔も熱を持ち始めるのを、春輝は自覚していた。

「ま、間違えましたっ!」

「だ、だよねっ⁉」

伊織の、いつもの台詞《せりふ》──ただし、いつも以上に慌《あわ》てた調子で紡《つむ》がれた──に半ば以上被《かぶ》さる形で、春輝も叫《さけ》びに近い声を上げる。

「はいっ、間違いです!」

真っ赤な顔を、ブンブンと上下させる伊織。

「今のは、あの……!」

いつもであればこの後に、何をどう間違ったのかという説明が入る場面だ。

「今の言葉の、意味は……」

しかし。

「意味、は……」

伊織は自らの唇《くちびる》に指を当てて、黙《だま》り込んでしまった。真っ赤な顔に、潤《うる》んだ目。不安に彩《いろど》られつつも、どこか艶《つや》っぽくも見える表情。そんな姿は、まるで。

(恋《こい》する女の子……みたい、だな)

自然と、春輝の頭にそんな言葉が浮《う》かんでくる。

トクンと、自らの心臓が大きく鼓動《こどう》する音が聞こえたような気がした。

(って……何をときめいてんだ俺は！　仮に伊織ちゃんが恋をしているとして、その相手が俺なわけないだろ！　俺たちは家族だって、そう確認したばっかじゃないか！　つーかそれ以前に、こんな良い子が俺なんかに恋愛《れんあい》感情を抱《いだ》くわけないっての！)

心中で、己を叱責《しっせき》する。

『…………』

そのまましばし、誰《だれ》も発言しないまま場を沈黙《ちんもく》が支配した。

「……お姉？　今の言葉は、どういう意味だったの？」

露華が、その沈黙を破る。

「間違い、だったわけ？」

姉へと向ける彼女の目は、どこか試すような色合いを含《ふく》んでいるように見えた。

「それ、は……」

対する伊織の表情は、何かに怯《おび》えているようにも感じられる。

「……間違い」

小さく、その唇が動いた。

「では、ないです」

声も、消え入りそうな程に小さいもの。

けれどやけにハッキリと聞こえた気がして、春輝の心臓が今一度大きく跳《は》ねる。

「…………………その、アレです！　家族愛、という意味ですので！」

また少しの沈黙を挟《はさ》んだ後に出てきた声は、一転してやけに大きなものだった。

「そっ……そうだよな！」

ホッと、胸《むね》を撫《な》で下ろす。

……けれど、心の中には残念に思っている自分もいるような気もして。

「うん、家族愛！　俺は最初からそうだと思ってたよ！」

それを振《ふ》り払《はら》うように、春輝は何度も頷《うなず》いた。

伊織は、家族として春輝を愛してくれている。それは、喜ぶべきことである。

「俺も、伊織ちゃんのこと愛してるよ。その……家族として、さ」

彼女も同じ喜びを感じてくれるものだと、春輝は少し照れながらもそう口にした。

「…………はい」

なのに、頷く彼女がどこか傷ついたように見えるのはなぜなのだろう。

「……そっ。家族愛、でいいんだね？」

こちらはなぜか、白けたような表情となる露華。

「ちなみに、春輝クン？　ウチも春輝クンのこと愛してるんだけどぉ？」

かと思えば次の瞬間《しゅんかん》、春輝の腕《うで》に抱《だ》きついてきた。

「はいはい、俺も愛してるよ」

「たっはー！　お姉へのリアクションとのこの差だよね！」

そんな風に笑う様は、すっかりいつもの調子だ。

「わたしも愛してる、ハル兄」

「うん、ありがとう白亜ちゃん。俺も愛してるよ」

次いで反対側の腕に白亜が抱きついてきたので、その頭を撫でる。

「なんで白亜にはナデナデ付きなの⁉　ウチだけ扱《あつか》い雑くない⁉」

「日頃《ひごろ》の行いの差……かな」

「正論すぎて反論出来ない！」

二人と話しているうちに、先程までの何やら気まずい雰囲気《ふんいき》も払拭《ふっしょく》されてきた。

「…………」

ただ、その会話に加わることもなく黙りこくる伊織のことが少し引っかかって。

「お姉……ウチは、引かないからね？」

「わたしも、同じく……むしろ、今ので吹《ふ》っ切れた」

そんな伊織に対して妹二人が向ける言葉の意味がわからず、それもまた気になった。

◆

◆

◆

結局それで話は終わり、その後は普通《ふつう》に出社した春輝と伊織。

道中はやたらと無言の時間が多くてどことなく居心地《いごこち》の悪さを感じていた春輝だったが、
流石《さすが》に業務が開始してからは気持ちを切り替《か》えて仕事に打ち込んでいた。

「……先輩《せんぱい》？　今日はボーッとしていることが多いようですが、どうかされましたか？」

と思っていたら、貫奈《かんな》からそんな指摘《してき》を受ける。

「……ちょっと寝不足《ねぶそく》気味だから、そのせいかな？」

「そうですか……夜更《よふか》しも程々にしてくださいね？」

「あぁ、気をつけるわ」

適当に誤魔化《ごまか》すと、貫奈も納得してくれたようだ。

「それと、小桜《こざくら》さんから言伝《ことづて》です。頼《たの》まれていた作業完了《かんりょう》しました、とのことでした」

「ん、了解《りょうかい》」

次いでの報告に、軽い調子で頷く。

「……珍《めずら》しいですよね？　彼女、いつもは自分で報告に来るのに」

すると、なぜか貫奈がジト目を向けてきた。

「……別に、そういうこともあるだろ。何かのついでとかにさ」

春輝としては、何気ない調子を装って返したつもりである。

「先輩……」

けれど、貫奈の疑いの目は春輝に向けられたまま。

「小桜さんと、何かありました？」

今朝の『告白』の件が否応《いやおう》なしに想起され、ギクリと春輝の顔は強張《こわば》った。

「何かって、なんだよ？」

今回も何気なく答えたつもりだったが、声に動揺《どうよう》の色が乗ってしまった気がする。

「それは、私にはわかりませんけれど」

言いながら、貫奈はチラリと視線を外した。

つられて春輝もその先を追うと、そこには伊織の姿があり。

「っ……！」

彼女もこちらを見ていたようだが、春輝と目が合うと慌てた様子で顔を背《そむ》けた。

「……何か、ありましたか？」

再び、貫奈が尋《たず》ねてくる。

確かに今の伊織のリアクションには、『何かあった』感が溢《あふ》れていたと言えよう。

「別に、何もないっての」

上手《うま》い言い訳も思いつかず、春輝は単なる否定の言葉を返すことしか出来なかった。

◆　◆　◆

といった出来事があった以外、業務自体は何事もなく終わり。

(今日も、外が明るいな……こんな時間に帰る日々が訪れるとはな……)

かつてに比べて随分《ずいぶん》と早い帰路に就きながら、春輝はそんなことを考えていた。

(あの子たちに感謝、か)

直接的な影響《えいきょう》としては、伊織の提案で春輝の机に設置されることになったスケジュールボード。春輝のタスクが明示化されたことによって周囲が気を使ってくれるようになり、いくつか仕事も引き取ってもらったことで随分と春輝の業務量は減った。

けれどそれも、春輝の表情が柔《やわ》らかくなったからだと同僚《どうりょう》たちは言う。春輝自身に自覚はなかったが、かつて仕事中の春輝は近づくなオーラを出しまくっていたらしい。実際、連日に及《およ》ぶ深夜残業をこなし、死んだ目で帰って泥《どろ》のように眠《ねむ》るだけの日々の中で春輝の精神は気付かぬうちに随分疲弊《ひへい》していたのだと、今ならばわかる。それが小桜姉妹と暮らすようになってからは、騒《さわ》がしく……けれど、癒《い》やされることも多くて。

（かつて灰色だった日々が、彩りを取り戻《もど》した……ってか？）

何かの小説で読んだことがある一文を思い浮かべる。

（そんな詩的な表現、俺には似合わねぇな）

そして、苦笑気味に口の端《はし》を持ち上げた。

「ただいまー」

そのタイミングで自宅に到着《とうちゃく》し、帰宅の挨拶《あいさつ》と共に玄関《げんかん》の扉《とびら》を開ける。

「おかえりー」

「おかえりなさい」

パタパタと中から気配が近づいてきて、二つの声が迎《むか》えてくれた。

（……ん？　二つ？）

そこに、若干《じゃっかん》の違和感《いわかん》を覚える。

春輝の目の前までやってきたのは、露華と白亜。

「あ、えと、春輝さん、おかえりなさいっ……！」

一瞬遅《おく》れて、二人より少し後ろに立った伊織が迎えの言葉を口にした。

「うん、ただいま」

その笑顔が若干ぎこちないことを不思議に思いながらも、改めてそう返す。

「ほら春輝クン、遠慮《えんりょ》せずに上がって上がって」

「俺んちなんだが……」

露華に手を引かれ、苦笑気味に靴《くつ》を脱《ぬ》いで廊下《ろうか》に上がった。

そのまま流れるように、露華が腕を絡《から》めてくる。

「ご飯にする？　お風呂《ふろ》にする？　そ・れ・と・もぉ……？」

「ご飯かな」

「……せめて、最後まで言わせてくんない？」

ニンマリ笑う露華の言葉の途中《とちゅう》で返すと、不満げな声が返ってきた。

「ハル兄」

傍《かたわ》らから呼びかけられ、春輝は露華から白亜の方へと視線を移す。

「んっ」

すると、両手を軽く広げてこちらに向けている白亜の姿が目に入ってきた。

「えっ、と……？」

若干戸惑《とまど》いながらも、一歩白亜の方へと近づく。

「ぎゅーっ」

すると白亜も一歩踏《ふ》み出し、春輝の胸に顔を埋《うず》めるように抱きついてきた。

（んんっ……？　甘えたい気分なのかな……？）

そう、思った春輝だったが。

「ハグによって、仕事での疲《つか》れを癒やす……これが、大人の女性の出迎え方」

どうやら、そういう意図だったらしい。

「ははっ、確かに凄《すご》く癒やされるよ」

実際、ほのぼのとした気分になって癒やされたのは事実だった。

それが、白亜の想定通りなのはともかくとして。

「ありがとうね」

お礼の言葉と共に頭を撫《な》でると、ムフーと満足そうな鼻息が胸元《むなもと》に当たる。

「なんか、どんどん白亜との扱い格差が広がってる気がするんですけどぉ……？」

なんて、唇《くちびる》を尖《とが》らせる露華……その視線が、ふと伊織の方へと向けられた。

春輝も、何とはなしに伊織の方を見る。

「そ、その、ご飯、もう出来てますのでっ！」

春輝と目が合った瞬間、伊織は少し上ずった声で言いながらクルリと身体《からだ》を翻《ひるがえ》した。

（まだ、今朝のことを気にしてんのかな……？）

春輝としても、全く引きずっていないわけではなかったが。

半日も経過すれば、流石に今まで通りに振る舞《ま》えるようになってきている。

（ちょっと言い方をミスしたくらいで、そんなに恥《は》ずかしがることないのにな……？）

なんて思って、内心で首を捻《ひね》った。

「いつもありがとう、それじゃ早速《さっそく》いただこうか」

とはいえ突《つ》っ込んで聞くのもなんとなく憚《はばか》られて、キッチンへと足を向ける。

「はいっ」

伊織も、どこかホッとした表情になったように見えて。

けれど、そんな仕草自体がやはり春輝は少し気になったのであった。

◆　◆　◆

『いただきます』

声を揃《そろ》えて、一同手を合わせる。

「白亜ちゃん、学校どう？」

食事を進めながら、春輝は白亜へと話題を振《ふ》った。

特に思うところがあったわけでもなく、単なる雑談の一種である。

「……ハル兄、その話題の振り方は娘《むすめ》との接し方がわからないお父さんみたい」

「うぐっ……」

そして白亜の指摘に、否定出来る要素がなくて呻《うめ》いた。

「ふふっ、冗談《じょうだん》」

そんな春輝を見て、白亜は小さく笑う。

「とはいえ、特別に報告するようなこともないけど」

「確かに、質問がバックリしすぎか……じゃあ、新しい友達は出来た？」

「うん。友達の友達と一緒《いっしょ》のクラスになったりで、グループの輪が広がった」

「そりゃ何よりだ。勉強は、ついて行けてるかな？」

「んー……数学が、ちょっと難しく感じるようになってきたかも」

「そっか。ある程度は教えられると思うから、わからないとこは聞いてくれていいよ」

「ありがとう、そうする」

コクンと頷《うなず》いた後、白亜が笑みを深めた。

「春輝クンが中学生だったのって、十年以上前っしょ？　ホントにわかんのぉ？」

とそこで、露華がわざとらしく懐疑《かいぎ》的な声で会話に割り込んでくる。

「まぁ一応、理系だからな」

「そなんだ？　じゃあ、ウチも教えてもらっちゃおうかなー？」

「高一の春なら、まだＩＡだろ？　それならまぁ、たぶん大丈夫《だいじょうぶ》」

流石《さすが》に、高三の課程辺りまでいくとちょっと怪《あや》しい気もしなくはない春輝である。

「んっふっふー。まぁウチは成績優秀《ゆうしゅう》だから、個人レッスンの機会はあんまり訪れないかもだけど。残念だったね、春輝クン？」

「はいはい、困ったらいつでも聞いてね」

「あー、全然信じてないっしょー？」

軽く流した春輝へと、露華がジト目を向けてくる。

「それより、露華ちゃんの方は学校で困ってるようなことはない？」

話題を変えがてら、今度は露華へとその質問を投げかけた。

ついでのようなタイミングではあったが、ちゃんと確かめておきたいことでもある。

「んっ……」

その瞬間《しゅんかん》、露華の表情に陰《かげ》りが生まれた。

「実は……」

言いにくそうに、口ごもる露華。

「……入学早々男子から告白されちゃってさー！　いやぁ、困っちゃうよねぇ！」

かと思えば、その表情が自信満々のドヤ顔に変わる。

「ねぇねぇ、春輝クゥン。ウチ、どうすればいいかなぁ？」

露骨《ろこつ》に装われた困った風の口調で、露華は春輝の方に向けて軽く身体を傾《かたむ》けた。

「好きにすればいいだろ……」

「え～？　ウチがどこの馬の骨とも知れない男子と付き合っちゃってもいいわけぇ？」

「自分に告白してくれた子を、どこの馬の骨とも知れないとか言うなよ……」

苦笑気味に返す。

（実際、露華ちゃんが誰《だれ》と付き合うかなんて俺が口を挟《はさ》むことじゃないっての……）

と、考えたのだが。

（あれ……？　なんか今……）

　モヤッとしたものが生じた気がして、春輝は自らの胸を押さえた。

「おっとぅ？　春輝クン、今なんかモヤッとしちゃいましたかなぁ？」

　ニマァ～っと露華の笑みが深まる。

「い、いや……」

　そんなことはない、と答えようとしたところで。

「あっ、お姉ー。お醬油《しょうゆ》取ってー」

　露華はスッとフラットな表情となって、伊織の方へと顔を逸《そ》らしてしまった。

「おい、振るだけ振って梯子《はしご》外すなよ……」

「いや、なんかもうオチが見えたしいっかなって。どうせ、『今のは父親的な立場としてのやつだから』とか言うつもりでしょ？」

「お、おぅ……」

　まさしくそう言うつもりだったため、何も反論出来ない春輝である。

「ねぇお姉、聞いてる？　お醬油ー」

　完全にその件への興味を失った様子で、伊織へと催促《さいそく》する露華。

「……あ、うん」

何やらボーッとした様子で春輝たちの方を見ていたらしい伊織が、手を伸《の》ばす。

「ん、いいよ俺が取るから」

位置的に春輝の方が近かったので、春輝も醤油差しへと手を伸ばした。しかし春輝の声が聞こえていなかったのか、伊織が手を引っ込めることはなく。

『あっ……』

結果的に醤油差しの上で、二人の手が重なる。

「ごめ……」

「ごめんなさいっ！」

春輝の声に被《かぶ》さる形で謝りながら、伊織が勢いよく手を引いた。

その際に指が引っかかったらしく、醤油差しがひっくり返る。

「きゃっ⁉」

「うおっ⁉」

テーブル上に黒い液体がぶち撒《ま》けられる様に、二人で目を剝《む》いた。

「すすす、すみませんっ！　すぐに拭《ふ》きますのでっ！　ハンカチハンカチ……！」

「ちょっ、伊織ちゃんそれハンカチじゃなくてスカートの裾《すそ》ぉ！　汚《よご》れるのもマズいけど何より絵面《えづら》がヤバいから！　とりあえず一旦《いったん》手ぇ下ろして！」

「ふえええええええ!? すみませぇん!」

スカートを持ち上げようとする伊織の手を春輝が押さえたり、それに対してまた伊織が激烈《げきれつ》に反応したり、そんな中で白亜はマイペースに箸《はし》を進めていたり……と。

いつも以上の騒《さわ》がしさの中で。

「……ふぅ」

安堵《あんど》するかのような……あるいは、何かに悩《なや》んでいるかのような。

そんな露華の溜《た》め息《いき》を気に留める者は、誰もいなかった。

◆ ◆ ◆

いつも以上に騒がしくなってしまった夕食を終えて。

「はぁ……何やってんだか、私」

伊織は、溜め息と共に自室に戻《もど》った。

「ううう……! 恥ずかしくて、春輝さんとまともに顔を合わせられないよぅ……!」

そして、枕《まくら》に顔を埋《うず》めて足をバタバタとさせる。

「なんであんなこと言っちゃったんだろ……!」

思い出すのは勿論《もちろん》、今朝のあの場面。

――私、春輝さんのこと愛してますから！

愛してますからー……。

ますからー……。

からー……。

頭の中でずっと、エコーを伴《ともな》ってリフレインしていた。

「うううううううううう……！」

その度《たび》に、堪《たま》らないくらいに恥ずかしくなってしまうのである。

流石にこんな風にバタバタするのは一人の時だけだが、内心では常にこんな風に悶《もだ》えていた。特に、春輝と顔を合わせた時の気まずさが半端《はんぱ》ではない。きっと赤くなってしまっているだろうから、今日一日目が合う度に慌《あわ》てて顔を逸らしていた。にも拘《かかわ》らず、気がつけば彼の姿を目で追ってしまうのだから困ったものだ。

コンコンコン。

とそこで、部屋の中にノックの音が響《ひび》いた。

「お姉ー？　入るよー？」

ドア越《ご》しに聞こえてくる、露華の声。

「あ、うん。どうぞ」

慌てて起き上がり、布団の上で姿勢を正しながら返事する。

「お邪魔《じゃま》しまー」

「お邪魔します」

開いたドアの向こうから露華、続いて白亜が入ってきた。

「どうしたの、二人とも？」

用件に心当たりがなく、伊織は首を傾《かし》げる。

「お姉、さ」

そんな伊織に対して。

「春輝クン相手に、いつまでその気まずい感じ続ける気なの？」

露華が、ズバリ切り込んできた。

「そ、それは……その……」

伊織自身ちょうど考えていたことではあったが、口ごもるしかない。

「そんなの……私にも、わかんない……」

唇《くちびる》を尖《とが》らせて答える様は我ながら子供っぽいかと思ったが、ついついそんな仕草をしてしまった。普段《ふだん》であれば妹たちには見せない姿だが、今は取り繕《つくろ》う余裕《よゆう》もない。

「イオ姉がそういう感じだと、わたしたちもやりづらい。早急な改善を要望する」

ズビシと指を突《つ》きつけてくる白亜の方が、今は大人びていると言えた。

「やりづらい……か」

口の中で呟《つぶや》きを転がす。

妹たちの気持ちには、伊織も気付いているつもりだった。恐《おそ》らくは、自分と同じ類《たぐい》の感情を春輝に対して抱《いだ》いているのだと。少なくとも、最初は……この家に来た頃《ころ》には、そうではなかったはずだが。きっかけは恐らく、先日の借金騒動《そうどう》の時だったのだろう。

(あの時の春輝さん、格好良かったもんね……)

伊織たちが泣いていたところに、颯爽《さっそう》と現れて。自分の大切な宝物まで手放して、助けてくれた。今でも申し訳なさに胸が痛むけれど、同時に心音が高鳴るのも事実であった。

「貴女《あなた》たちも……なんだよ、ね……？　その……春輝さんのこと……」

その先を言葉にするのはなんだか気恥《きは》ずかしくて、口ごもる。

なのに。

「うん。好きだよ、春輝クンのこと」

「わたしも、ハル兄のことが好き。男の人として、好き」

露華と白亜は、あっさりと言い切った。

「……凄《すご》いね、二人とも」

その言葉は、今だけのことを指しているわけではなく。

「そんなに、自分の気持ちに真《ま》っ直《す》ぐで……」

先程のように、春輝に自分からアプローチしてく積極性。

それは、伊織にはないものだった。

「まー、ウチらはお姉と違《ちが》って自爆《じばく》してないし？」

「うぐ……！」

呆《あき》れたような口調の露華に対して、呻《うめ》くことしか出来ない。

「というか、イオ姉の方こそ」

白亜の大きな瞳《ひとみ》が、伊織の情けない顔を映した。

「あの時、わたしは凄いと思った。それこそ、あんなに真っ直ぐ告白するなんて、って」

「白亜……」

妹からの思わぬ言葉に、伊織は軽く目を見開く。

「だからこそ、そこから日和《ひよ》ってヘタレたのにはがっかり」

「うぐ……！」

そして、続く言葉にやっぱり呻くしかなかった。

「つーかさー、なんでヘタレるかねー。あのままガチ告白いっときゃよかったじゃん」

「だって……」

あの時は、自分でもどうして誤魔化《ごまか》したのかイマイチわからなかった。ただ単に恥ずかしかったから……とは、違うとは思っていたけれど。

今になって改めて考えると、その答えもわかるような気がした。

「私は……今のままで、満足だから……」

春輝にとっての伊織が『子供』であることは、十分理解しているつもりである。きっと、彼は伊織のことを恋愛《れんあい》対象として見ていない。それならば……『告白』なんてして、今の関係が壊《こわ》れるくらいならば。現状で、十分だった。十分、幸せなはずだった。こんな時間がずっと続けばいいと、願っていたくらいに。

「今のままで……」

にも拘らずそう口にする時、胸がズキンと痛むのはなぜなんだろうか。

「ホントに？」

「本当に？」

妹たちに真っ直ぐ見つめられると居たたまれない気持ちになるのは、なぜなのだろう。

「……ウチはまぁ、お姉には……その……感謝、してるわけよ」

ふいに視線を逸らした露華が、そんなことを言ってくる。

「あの時……突然《とつぜん》、家を追われちゃってさ。ウチ、正直頭が真っ白になって何も考えられなかった。お姉が『とにかく今日泊《と》まれるところを探しに行こう』って手を引いてくれなかったら、きっといつまでもあそこに立ち尽《つ》くしてるだけだったと思う」

どこか照れ臭《くさ》そうに、露華は自身の頰《ほお》を掻《か》いた。

「それだけじゃなくて……お姉が『お姉』してくれてるからこそ、ウチは馬鹿《ばか》やってられるっていうかさ。だから、お姉には幸せになってほしいわけ」

「露華……」

珍《めずら》しく真面目《まじめ》な調子の露華に、なんだか感動してしまって伊織は口元に手を当てる。

「……ロカ姉、本音は？」

「今のままだと、なんか中途半端《ちゅうとはんぱ》だし？　お姉がスッキリとフラれちゃった方が、ウチにもチャンス回ってきやすいかなって！」

「露華⁉」

しかし白亜の問いに対して露華が「てへっ」と舌を出したため、ちょっと感動的だった雰囲気《ふんいき》はたちまち台無しとなった。

「……ハッ⁉」

と、そこで露華は我に返ったような表情に。

「あっはは｜。ウソウソ、冗談《じょうだん》だって。ちょっと芸人魂《だましい》が疼《うず》いちゃっただけだから」

軽い調子で手を振《ふ》る様は、もうすっかりいつもの彼女である。

「……ホントに、ノッてるだけなんだよね？」

伊織はそんな露華に胡乱《うろん》げな視線を向ける。

「マジマジ、ウチの目を見てよ？」

と、露華は真面目な表情を作って伊織をジッと見つめてきた。

「……確かに。ごめんね露華、疑って」

そこに真剣《しんけん》な色を見て取り、伊織は露華の言葉を信じることにする。

「……お姉、高い買い物する時はちゃんとウチらに相談してね？　特に、壺《つぼ》とか絵とか買う前は絶対だよ？　勝手に貯金使い果たしたりしちゃダメだかんね？」

「どういう意味かなっ⁉」

そして、一瞬《いっしゅん》でその信頼《しんらい》は吹《ふ》き飛んだ。

「ロカ姉、いい加減冗談はそれくらいにしておくべき。話が進まないから」

「……アンタねぇ」

ネタ振《ふ》りをした当人である白亜の発言に、露華がジト目を向ける。

「わたしの要望は最初に言った通り、イオ姉がハル兄に対してギクシャクしている感じを改善すること。そのためなら、協力するのも吝《やぶさ》かじゃない」

「お姉だって、今のこの状態が続くのを望んでるわけではないっしょ？」

「それは……まぁ……」

このままでは、恐らく遠からず春輝にまた気を使わせてしまうことになるだろう。

それは確かに、伊織の望むところではない。

「でも、どうすればいいのか……」

とはいえ、それがわかれば苦労はないのであった。

「まぁ、カラダを使うのが手っ取り早いんじゃない？」

「か、カラダ⁉」

露華の発言に、伊織の声は裏返る。

「おやおやぁ？　何を想像しているのかなぁ？」

「ボディタッチは、親密度を高めるのに有効。しばらく手でも繋《つな》いでれば、気まずさも軽減されるはず。仕方ないから、今回その程度は目を瞑《つぶ》ってあげる」

ニンマリ笑う露華と、したり顔で語る白亜。

「あ、なんだそういう……」

ホッとした気持ちで、伊織は頭の中に浮《う》かびかけていたピンクな妄想《もうそう》を振り払《はら》う。

「お姉ってさ、結構ムッツリだよねー」

「な、なんのことかにゃっ⁉」

内心を見透《みす》かされてしまっていたようで、語尾《ごび》がにゃっとなった。

「だけど……うん」

次いで、一つ深呼吸。

「わかった。今のままじゃ、駄目《だめ》だもんね」

妹たちに背中を押してもらった気分で、頷《うなず》く。

その目を先程まで覆《おお》っていた迷いは晴れ、瞳には前向きな光が宿っていた。

◆　◆　◆

「春輝しゃんっ！」

「ん……？」

リビングで小説を読んでいた春輝は、伊織の声に顔を上げる。

「しゅ、少し、お話がありゅのですがっ！」

すると、真剣な表情の伊織と目が合った。

（……久々に、ちゃんと目が合った気がするな）

何とはなしに、そんなことを思う。

「いいよ。何かな？」

ともあれ、何やら非常に緊張《きんちょう》している様子なので極力穏《おだ》やかな声色《こわいろ》を意識して答えた。

「はい、実は……」

引き続き緊張の面持《おもも》ちで、伊織は春輝の方に歩いてくる。手と足が一緒《いっしょ》に出ていた。

（そんなに緊張するほどの話なのか……？）

どんな話が来ても動揺《どうよう》しないよう、心構えを整える春輝……で、あったが。

「きゃっ⁉」

春輝のところまで残り三歩程度のところで、伊織が自分の足に躓《つまず》いて。

「わぷっ⁉」

春輝の方に倒《たお》れ込んできたため、整えた心構えはたちまち台無しになった。

とはいえ、彼女のテンパりにも慣れたもの。胸元《むなもと》に飛び込んでくるくらいなら、今の春輝であればそれなりに余裕《よゆう》を持って受け止めることが出来たろう。けれど……顔に胸の方がぶつかってきたのだから、動揺するなというのも無理な話であろう。ふにょんと柔《やわ》らかい感触《かんしょく》が顔全体に伝わってきたので、尚更《なおさら》である。

（だから、なんで付けてねぇの⁉　家では付けない派なのか⁉）

こんなことを思うのも、何度目のことであろうか。

（って、駄目だ……！　別のことを考えろ……！　えーとえーと……そうだっ！）

『家族』に対して妙《みょう》なことを考えないよう、瞬時に思案。

（3．14159265358979323846264338327950288419716939937510582097494459230781640628620899862803482534211706798214808651328……）

頭の中で円周率を唱えることによって、事なきを得る。なお、『π《パイ》』から連想している時点で本当に事なきを得ているのかは微妙《びみょう》なところであった。

「あ、あの、春輝さん……」

ドクンドクンと、伊織の高まった心音がダイレクトに伝わってくる。

本当であれば即座《そくざ》に離脱《りだつ》すべき場面であるとわかってはいたが、なぜか伊織がガッチリと春輝の頭をホールドしているためにそれも叶《かな》わなかった。

「な、何かな……？」

仕方なくその状態のまま返事すると、モゴモゴと声がくぐもって。

「ひゃんっ⁉」

声の振動《しんどう》が変に伝わってしまったのか、伊織がどこか艶《つや》っぽい声を上げる。

「っ、ごめん！」

「ひあぁん!?」

反射的に謝ると、そのせいでまた伊織から似たような声が上がった。

「す、すみません、変な声を出してしまいまして……！」

「いや、こちらこそ……」

極力触《ふ》れないよう意識しながら、今度はどうにか口の前に空間を確保して返事する。

「それで、お話というのはですね……」

「えっ……!?」

そのまま話し始めようとする伊織に、思わず驚《おどろ》きの声が漏《も》れた。

「えっと……その前に、まず離《はな》れた方が良くないかな……？」

どうやらまたテンパってわけがわからなくなっているらしいと、苦笑気味に提案する。

「いえ、出来ればこのままで話せればと思うんですけど……」

「えっ……？　このままって……」

しかし思ったより伊織の声は冷静で、それが逆に春輝を困惑《こんわく》させた。

「この、ままで？」

戸惑《とまど》いを、そのまま声に乗せる。

「はい、このままで」

「このままで!?」

再度確認しても翻《ひるがえ》ることはなく、驚愕《きょうがく》が口を衝《つ》いて出た。

「その、なんていうか、お顔を見てしまうと恥《は》ずかしくて決意が鈍《にぶ》りそうなので……」

「ええ……?」

聞けば聞くほど、困惑が加速する。

(どう考えても、この体勢のままの方が恥ずかしくないか……!?)

そう思いはしたものの……一つ、深呼吸。

(うっ……なんか、凄《すご》く良い匂《にお》いが……)

落ち着くための行動だったはずが、むしろ動揺が拡大した。

(えーい、しっかりしろ俺……!　伊織ちゃんが真面目な感じで話をしにきてるんだ、大人としてしっかり聞いてやらないでどうする……!)

大人としてこの体勢はどうかと思う気持ちを、無理矢理に抑《おさ》えつける。

「……わかった、聞くよ」

どうにか、冷静に聞こえるような声で返すことが出来た。

「ありがとうございます」

ふにょん。頭を下げたのだろうか。柔らかい感触が、また更に押し付けられた。

「私、肝心《かんじん》なところでヘタレるというか逃《に》げちゃうところがありまして……」

「そう……なの？」

聞くそばから話が半分以上頭から抜《ぬ》けていきそうになるのを、どうにか繋ぎ止めながら返事する。いずれにせよ、何の話なのかはイマイチわからなかったが。

「春輝さんにも、ご迷惑《めいわく》をかけてると思います」

「ん？　いや別に、そんなことはないけど」

変わらず何の話かはわからないけれど、それだけは断言出来た。

「ふふっ……ありがとうございます」

笑ったおかげか、伊織の声から少しだけ緊張感が薄《うす》まった気がする。

「だけど、今回もやっぱり逃げちゃって……私自身、いつものことだからってあんまり深くは考えてなかったんですけど。でも、妹たちに指摘《してき》されて気付いたんです」

伊織自身上手《うま》く纏《まと》められていないのか、やや雑多な印象を受ける話し方だった。

「私、お姉ちゃんだから……やっぱり、あんまり妹に格好悪いところは見せられないかなって。見せたくないな、って。そう、思いまして」

春輝からは顔が見えないため、彼女がどんな表情をしているのかはわからない。

「だから……」

ただ声の印象からは、どことなく力強さが感じられる気がした。

「私、頑張《がんば》りますねっ！」

そう言うと共に、最後にギュッと一際《ひときわ》強く春輝の頭を抱《だ》きしめて。

「以上、ですっ！」

ようやく、離れていった。

「えっ、と……？」

結局何の話だったのか、春輝には全くわからない。

「まぁ、その、アレだ……頑張るのはいいことだけど、無理はしないようにね？」

ゆえに、コメントもそんなフワッとしたものしか思いつかなかった。

「ありがとうございます……でも」

小さく微笑《ほほえ》む、伊織。

「この件だけは、無理したい気分なんですっ」

その表情は、リビングに来た時よりも随分《ずいぶん》とスッキリしたものであるように思えた。

◆　◆　◆

「……ふぅ」

 リビングを出て、伊織は小さく息を吐き出す。何のことだかよくわからない、といった顔をしていた春輝には申し訳なく思うが、伊織としては大事を成し遂《と》げた気分だった。

「お姉……」

「イオ姉……」

恐《おそ》らくは、見守っていてくれたのだろう。

リビングを出たところには、露華と白亜が立っていた。

「ありがとね……二人とも。おかげで、私もなんだか吹《ふ》っ切れた気分」

背中を押してくれた妹たちに、笑顔で礼を言う。

が、しかし。

「いや……やりすぎだよ、お姉」

「……えっ？」

「イオ姉はただでさえ存在が十八禁に近いんだから、ちゃんと自重すべき」

「存在が十八禁に近いってどういう概念《がいねん》なの!?」

二人はドン引きの表情で、伊織はちょっとショックを受けるのであった。

第1章　猫耳《ねこみみ》と吹っ切れと居酒屋と酔《よ》っぱらいと

既《すで》に、夜中と称《しょう》して良い時刻。

「今日は随分《ずいぶん》と遅《おそ》くなっちゃったな……」

そんな風にボヤきながら、春輝《はるき》はどこか頼《たよ》りない街灯に照らされる帰路を歩いていた。

「にしても、まさか社内ネットワークが逝《い》くとはな……今日日《きょうび》、ネットワークが繋《つな》がってないと仕事にならんことが実感出来た出来事だった……」

半笑いで、愚痴《ぐち》なのか感想なのかよくわからない呟《つぶや》きを漏《も》らす。

「ご飯、先食べててくれって連絡《れんらく》したけど……たぶん待ってくれてるんだろうなぁ……」

そう考えると、自然と足が早まった。

程なく、自宅に辿《たど》り着き。

「ただいまー」

挨拶《あいさつ》の声と共に、ガチャンと玄関《げんかん》の扉《とびら》を開ける。

「おかえりにゃさい！」

「にゃんにゃーん！」

「……にゃー」

すると、猫耳少女たち三人に出迎《でむか》えられた。

カチャン。

春輝は、開けたばかりの扉をそっと閉じた。

「…………幻覚《げんかく》が見える程疲《つか》れてるのか？」

呟きながら、自身の目頭《めがしら》を指で揉《も》む。

「ほら露華《ろか》、やっぱりこれは駄目《だめ》だって……！」

「っかしいなー？　毛並みにまでこだわった自信作なのに」

「ロカ姉、そういうディテールの問題じゃないと思う」

扉越《ご》しに、そんな会話が聞こえてきた。

「えー、っと……」

恐る恐る、再び玄関の扉を開ける。

『あっ……』

やはり、猫耳少女たちは実在していた。

「あ、あの、おかえりなさい、春輝さんっ……！」

両手で頭の上の猫耳を隠《かく》しつつ、顔を赤くした伊織《いおり》がぎこちない笑みを浮《う》かべる。

「おかえりー、春輝クン」

こちらは誰憚《だれはばか》ることもないとばかりに堂々と猫耳を晒《さら》したまま、露華。

「……にゃー」

白亜《はくあ》がどういう感情を伴《ともな》って無表情でそう言っているのかは、ちょっとわかりかねた。

「……それは？」

流石《さすが》に尋《たず》ねないわけにもいかず、とりあえず白亜の頭の上を指してみる。

「猫耳」

白亜の回答は実に端的《たんてき》なものであり、春輝の疑問が解消されたとは言い難《がた》かった。

「その……今日は春輝さん、きっといつも以上に疲れて帰ってくるだろうと思いましたので……その疲れをどうすれば癒《い》やせるかというのを、話し合った結果……」

しかしおずおずと話す伊織の説明を聞いているうちに、ようやく話が見え始める。

「やっぱ癒やしといったら動物っしょ」

そう言いながら、スస్ッと露華が身体《からだ》を寄せてきた。

「いっぱい可愛がってにゃん？」

丸めた手を顔の横に持ってきて、小首を傾《かし》げる露華。

「よしよし」

なんとなく、猫耳の載《の》ったその頭を撫《な》でてみる。普段《ふだん》であれば、撫でるにしても多少の躊躇《ちゅうちょ》や葛藤《かっとう》はあったことだろう。にも拘《かか》わらずノータイムで撫でてしまった辺り、実際この時の春輝は疲れによって判断能力が鈍《にぶ》っていたと言えよう。

「お、おっとぅ？　意外と春輝クンの琴線《きんせん》に触《ふ》れちゃった系かにゃー？」

ニンマリと笑う露華だが、その頰《ほお》は少し赤く染まっていた。

「うん、まぁ……せっかくだから……」

春輝も今更《いまさら》ながらに恥《は》ずかしくなってきて、よくわからない言い訳が口から出てくる。

「……にゃー」

そんな中、先程の露華と同じポーズで白亜が春輝の胸元《むなもと》へと顔を近づけてきた。

「……よしよし」

今度は若干《じゃっかん》の逡巡《しゅんじゅん》を挟《はさ》んだ後、白亜の頭も撫でてみる。

「にゃー」

今回の鳴き声は、先程より満足げな響《ひび》きを帯びているような気がした。

「え、えと……」

そんな妹たちを交互《こうご》に見て、伊織は若干オロオロとしている。

「……にゃ、にゃー」

かと思えば、なぜか彼女も続いてきた。

「………………よしよし」

先程よりもだいぶ逡巡の時間が長くなったが、伊織の頭も撫でてみる。

「あ、あぅ……」

途端《とたん》に、伊織の顔は真っ赤に染まった。

しかし頭を引っ込めるような気配はなく、やめ時を見失って春輝も頭を撫で続ける。

（……これは、何の時間なんだ？）

とりあえず、半笑いが漏れた。

◆　◆　◆

そんな猫耳事変（命名：人見《ひとみ》春輝）の、翌朝。

「それでですね、露華が白亜の頭の上に牛乳をこぼしちゃって」

「ははっ、そんなことがあったんだ」

雑談を交わしながら、春輝は伊織と共に会社への道のりを歩いていた。

「……っと、そろそろ別々に行こうか」

会社までもう少しというところで、足を止める。同僚《どうりょう》たちに余計な疑いを持たれないよう、毎度この辺りで別れて出社するのが常であった。

「……あの」

いつもであれば、伊織もすぐに頷《うなず》くところなのだが。

「今日、一緒《いっしょ》に会社まで行っちゃ駄目ですか？」

この日はなぜか、モジモジと自身の指を絡《から》ませながらそんなことを言ってきた。

「ん……？　まぁ、構わないけど」

たまたま道中で一緒になることもあるだろうし、たまにであればそこまで不自然に思われることもないだろう。そう思い、頷く。

「けど、なんで？」

ただ、疑問が生じるところではあった。

「それは……」

口を開き、何かを言おうとする様子を見せる伊織。

「…………」

けれど続く言葉はなく、再び口を閉じて何やら思案顔となる。

「……理由、なくっちゃ駄目ですか？」

そして、そう言って上目遣《うわめづか》いで見つめてきた。

「い、いや別に、そういうわけじゃないけど……」

妙《みょう》にドギマギしてしまいながら、答える。

「もう少し、春輝さんとお話ししていたい気分なんです」

そんな春輝を見て、伊織はクスリと笑った。

(……なんか)

その笑顔を見ながら、ぼんやりと考える。

(昨日から、ちょっと雰囲気《ふんいき》が変わった……か?)

具体的に、どこがどうと挙げることは出来ない。ただ、以前よりも表情が明るくなり、オドオドするようなことが少なくなったように思えた。

(……俺との会話にも、ようやく慣れてきたってことなのかな?)

出会ってから一年強、共に暮らすようになって一ヶ月と少し。長くかかったようにも思うが、少し内気なところがある彼女には慣れるのに必要な時間だったのかもしれない。

そんな風に、思った春輝であったが。

「小桜《こざくら》さん、最近なんか雰囲気変わったか……?」

「前より明るくなった気がするよな」

「恋《こい》は女性を綺麗《きれい》にする、か」

どうやらそれは春輝に対するものだけではなかったらしく、最近オフィス内ではそんな風に話す同僚たちの声が聞こえるようになっていた。

（恋……か）

自分とは長らく縁遠《えんどお》い単語だったため、その発想はなかった春輝である。

（まぁ、華《はな》の女子高生だもんな。そりゃ、恋くらいするか）

そう考えるも、妙に胸がザワつくような気がした。

（露華ちゃんの時と同じ……娘《むすめ》に彼氏が出来た時の気持ちとか、そういうのなのかな？）

もしくは……と、思う。

（俺、自分に浮いた話の一つもないことに実は焦《あせ》っているのか？）

自覚していない願望が心の奥にあるのかと、少し悩《なや》んだ。もし春輝の状況《じょうきょう》を知る者に心の声が漏れれば、「浮いた話だらけだろ！」といったツッコミが入ったことであろう。

「人見さん、頼《たの》まれていた件終わりましたっ」

仕事をしながら頭の片隅《かたすみ》で考え事をしていたところ、伊織が声をかけてきた。

「あぁ、ありがとう。早いね、助かるよ」

軽く笑みを浮かべ、礼を言う。

「いえ、人見さんのお役に立てたのなら嬉《うれ》しいです」

微笑《ほほえ》みを返してくる伊織に、春輝の笑みは苦笑気味に変化した。

「また、言い間違《まちが》ってるよ」

以前にも似たようなことがあったな、と思いながら指摘《してき》する。

「今度は、言い間違いじゃないですよ？」

けれど、伊織はテンパるどころか微笑みを深めて。

「……へっ？」

「ふふっ」

春輝が間抜《まぬ》けな顔で間抜けな声を上げている間に、その笑みを残したままクルリと踵《きびす》を返して自席の方へと戻《もど》っていってしまった。

「なんだ……？　小桜さん、覚醒《かくせい》入ったのか……？」

「前の初々《ういうい》しい感じも良かったけど、これはこれで……」

「でも人見に背中向けた後、めっちゃ顔が赤くなってんな……」

周囲の声が、聞くとはなしに耳に入ってくる。

「……先輩《せんぱい》、少しお話があるのですが」

とそこで、貫奈《かんな》が話しかけてきた。なぜか、随分《ずいぶん》と硬《かた》い表情に見える。

「行ったぁ……！」

「頑張《がんば》れ、桃井《ももい》……！」

「桃井派として全力で応援《おうえん》するぞ……！」

そんな風に、周囲のザワつきが加速する。

「……どうした？」

答える春輝の胸にも、若干の緊張《きんちょう》感が生まれていた。

（こいつ、やけに伊織ちゃんとの関係を訝《いぶか》しんでくるからなぁ。これってやっぱり……）

心中で、考える。

（俺が伊織ちゃんに手を出すと思ってんのか？　心配しなくても、出さない……つーか、伊織ちゃんの方が俺なんか相手にしないっての……）

各方面から殴《なぐ》られても文句は言えない感想だったが、春輝としては本心からのものであった。それを、貫奈に対してどう伝えようかと悩む……が。

「今日、飲みに行けませんか？」

「んあ……？」

貫奈の用件がそれだったので、少し拍子《ひょうし》抜けしたような気分となった。

（……いや）

しかし、すぐに思い直す。

（いつもの誘《さそ》い、ってわけでもなさそうだな……）

貫奈の表情が、真剣《しんけん》なものだったためである。

（仕事で悩んでることでもあるのか……？　となると、聞いてやるのが先輩の役割か）

そう考えて、一つ頷いた。

「わかった、行こうか。定時はちょい過ぎると思うけど、いいか？」

「はい、私もそのくらいがちょうどいいと思いますので」

春輝の言葉に、貫奈の表情が若干和《やわ》らぐ。

……と。そんな風に貫奈に気を取られていたがゆえに、春輝は気付かなかった。

「…………」

伊織が、春輝と貫奈のことをジッと見ていることに。

そして。

「あの……樅山《もみやま》課長、折り入ってお願いがあるんですけど……」

ふいに視線を逸《そ》らしたかと思えば、樅山課長に話しかけに行ったことに。

◆　◆　◆

その日は特にトラブルもなく、定時を少し過ぎた頃《ころ》に業務を終えて。

「お疲《つか》れ様です」

「お疲れ」

大衆居酒屋のカウンター席で、春輝はビールの注《つ》がれたグラスを貫奈と打ち合わせた。

「悪いな、オシャレなバーとかじゃなくて」

「誰《だれ》も先輩にそんなの期待してませんよ」

「ふっ、まぁそりゃそうか」

グラスを傾《かたむ》けながら、そんな軽口を交わす。

「……で。何か、相談事か？」

一杯《いっぱい》目を飲み干したところで、春輝は表情を改めてそう尋《たず》ねた。

「相談事、というわけではないのですが……そうですね、お話ししたいことはあります」

果たして、貫奈の顔に再び緊張感が宿る。

「とはいえ、まずはもう一杯いっときましょう」

かと思えば、表情を緩《ゆる》めて春輝のグラスにビールを注いだ。

「ん……サンキュ。そんじゃ、お前も」

同じく空になっていた貫奈のグラスに、今度は春輝がビールを注ぐ。

「ありがとうございます」

社会人になってからグッと機会は減ったが、彼女と飲むのも初めてではない。この程度で酔《よ》いが回らないことは知っていた。もちろん、春輝も同じくである。

「ほらほら先輩、ペースが遅《おそ》いですよ？　もっと、ググイッといきましょう」

「お、おぅ……」

とはいえ、普段《ふだん》はここまでのペースで飲むわけではなかった。

(酔った勢いで言いたいタイプのやつか……？　愚痴《ぐち》とか……？)

どんどんグラスを空けていく貫奈の姿に、そう思う。

(ならまぁ、付き合ってやるか……)

心中で溜《た》め息《いき》一つ、春輝も手にしたグラスの中身を飲み干した。


それから、小一時間程の後。

「それで、先ぱぁい。小桜さんとは、どこまで行ってるんスかぁ？」

「どこにも行ってねぇよ……」

だいぶ目がトロンとなってきた貫奈によって、春輝は問い詰《つ》められていた。

「いやいやぁ、そんなことはないでしょー？」

「逆に、なんで俺と小桜さんの間に何かあるって思うんだよ……」

「そんなの、見りゃわかりますよー」

「説明になってないだろ……」

「じゃあ、女の勘《かん》です！」

「ますます説明になってない……」

というか、『絡《から》まれていた』というのが正確な表現かもしれない。

（こいつ、こんな酔い方する奴《やつ》だったか……？）

正直なところ、若干辟易《じゃっかんへきえき》気味の春輝であった。

「おっとぅ？　今、『こいつ、こんな酔い方する奴だったか？』とか思いましたねぇ？」

「い、いや、別にそんなことは……」

へべれけ気味に見えて、やけに鋭《するど》いところもあるので尚更《なおさら》である。

「私はですねぇ、これで結構お酒好きなんですよぉ」

春輝の言い訳を聞く気もないらしく、貫奈はまた喋《しゃべ》り始めた。

「知ってるよ……よく飲みに誘ってくれるし」

「……はぁ」

かと思えば、今度は重い溜め息を吐《つ》く。

「本当に、お酒を飲みたいからって理由で先輩を誘っていると思ってるんですか？」

「他に理由なんてあんのか……？」

「ヒントです。実は私、先輩以外を飲みに誘うことはほとんどありません」

「お前、結構人見知りだもんなぁ……学生時代よりは全然マシになったけどさ」

「はぁぁぁ……」

先程以上に、滅茶苦茶《めちゃくちゃ》重い溜め息を吐かれた。

「まぁ、その話は一旦《いったん》置いておくとしまして」

貫奈は両手で、『置いといて』のジェスチャー。

「お酒を飲み始めた頃から、先輩の前では下手《へた》な酔い方しないようにしてるんですよ」

「そうなのか……？」

その理由もよくわからず、春輝は首を傾ける。

「だってそんな女、嫌《いや》でしょう？」

「別にそんなことは…………………あー」

ない、と口にしかけて言い淀《よど》んだ。思い出すのは、アルコールが含《ふく》まれるチョコレートを食べた時の伊織の姿である。ちょっと、『嫌じゃない』とは言い切り難《がた》かった。

「……今、私以外の女性の姿を思い浮《う》かべましたね？」

　またも鋭い貫奈の指摘に、ギクリと顔が強張《こわば》る。

「まさか、小桜さんじゃないですよねぇ？　流石《さすが》に未成年酔わすのはマズいですよぉ？」

「いや飲ませたわけじゃねぇよ」

　重ねて図星を突《つ》かれ、反射的に釈明《しゃくめい》の言葉が口を衝《つ》いて出た。

「……でも、小桜さんが酔った場には居合わせたんですねぇ？」

　完全なる墓穴である。

「ん、まぁ、その……」

　もにょもにょと言いながら、間をもたせるためにビールを一気に呷《あお》った。

（……やべ。俺も結構酔いが回ってきてるかも）

　頭がクラクラしてきたことで、ようやく自身の状態を自覚する。ここまで貫奈のハイペースに付き合っているがゆえに、春輝の酒量もかなりのものとなっていた。

「……なーんちゃって！」

　とそこで、眉根《まゆね》を寄せていた貫奈の表情がへにゃっと緩む。

「じょーだんですよ、じょーだん！　私は、先輩のことを信じていますから！　小桜さんともただの同僚《どうりょう》関係で、なーんにも怪《あや》しいところなんてないですよね！」

「お、おぅ！　その通りだ！」

なぜ急に手の平が返ったのかは不明だが、この機会を逃《のが》すまいと春輝は大きく頷《うなず》いた。

「ささっ！　今日はとことん飲もうじゃないですか！」

「だな！」

これで誤魔化《ごまか》されてくれるならと、春輝は雑に注がれたビールをグイッと呷る。

「流石先輩、いい飲みっぷりですねぇ！」

「まぁな！」

「では、もう一杯！　余裕《よゆう》ですよね!?」

「当然だな！」

「次はちょっと気分を変えて、ハイボールでもいっちゃいますか！」

「あぁ、どんどん来い！」

普段であればそろそろ自重する段階だが、貫奈に乗せられる形で杯《さかずき》を重ねていく。

「あれ……？　ところでお前、なんか俺に話があるんじゃなかったっけ……？」

かなり働きの怪しくなってきた頭で、ふと当初の目的を思い出した。

「まぁいいじゃないですか、そんなことは！」

「んんっ……？　そうか……？　まぁ、お前がそう言うなら……」

普段であれば、春輝とて流石にここまであっさり引き下がりはしなかっただろう。だが思考がフワフワする酔っぱらい状態では、「まぁいっか」としか思わなかった。

「いやぁ、こういう楽しみ方が出来るのも大人ならではですよねぇ！」

「だなぁ……」

「先輩《せんぱい》もお付き合いされるなら、大人の女性の方がいいですよね？」

「ん……？　まぁ、そう……かなぁ……？」

貫奈への答えも、だいぶ怪しい感じとなってきている。

「だから」

ゆえに。

「仮に……小桜さんが告白してきたとしても、先輩は断りますよね？」

「ははっ、まずそんな状況《じょうきょう》がありえねぇさ……」

春輝は、今回も見逃《みのが》していた。

「こないだ『愛してます』って言われたのだって、家族愛的な意味だったしな……」

「……へぇ」

貫奈の目が、いつの間にか理性的な光を取り戻《もど》していることに。

「愛してます……ですか」

貫奈がそう呟く頃になって、ようやく少し春輝の頭に疑問が頭をもたげてきた。

（……あれ？　俺……今何を言った……？）

サァッと血の気が引いてくのを自覚する。

「ま、間違《まちが》えた！」

思わず、伊織の専売特許が口から出てきた。

「今のはアレだ、ちょっとした言い間違いというか……！」

「わかっていますよ、先輩」

慌《あわ》てて言い訳を並べようとする春輝に、貫奈がニコリと微笑《ほほえ》む。

「んぉ……？　そ、そうか……？」

妙《みょう》に物分かりの良い貫奈に対して、本来ならば訝《いぶか》しむべき場面だったろう。しかしここでも、酔いの回った頭では「わかってくれたのかな？」と納得してしまった。

「ええ、わかりましたとも……最近の小桜さんの変化についても、よぉくわかりました」

小さく紡がれた貫奈の言葉も、周囲の喧騒《けんそう》に掻《か》き消されて春輝の耳には届かない。ちょうど、どこかから「あははははっ！」と甲高《かんだか》い女性の笑い声が聞こえてきたので尚更だ。

「なら……私は」

「んんっ……？　ごめん桃井、なんて……？」

とはいえ何か言っていることだけは伝わってきて、春輝は貫奈に少し顔を近づけた。

「……ところで先輩、今日の本題に入ってもいいですか？」

「えっ、今……？」

謎《なぞ》のタイミングに思えて、疑問の声を口に出す。

「はい、今です」

しかし、貫奈は躊躇《ちゅうちょ》する様子もなく頷いた。

「わ、わかった」

春輝も、気持ち居住まいを正す。

もっとも、かなり酔っぱらっている状態では体幹がへにょっと曲がったままだったが。

「先輩」

そんなことを気にした様子もなく、貫奈は春輝のことをジッと見つめてくる。

「……先輩」

かと思えば、口を何度かパクパクと空振《からぶ》らせてから言い直した。

「……すぅ、はぁ」

大きく一度、深呼吸。

「先輩」

再度。先程以上に真《ま》っ直《す》ぐ、貫奈の視線が春輝を射貫《いぬ》く。

「好きです」

そして、その言葉は淀みない響《ひび》きを伴《ともな》って紡《つむ》がれた。

「……………えっ？」

つい先日伊織を相手に出たのと同じような声が、春輝の口から漏《も》れ出る。

「なんて言うと、先輩はきっとＬＩＫＥの意味で認識するのでしょうけれど」

付き合いの長さが、酔《よ》っていつも以上に鈍《にぶ》い春輝の思考を先回りした。

「異性として、好きです。小桜さんに対抗《たいこう》して言うならば……愛して、います」

貫奈の顔に浮かぶのは笑みで、少しだけ緊張《きんちょう》で強張っている様が窺《うかが》える。

「えっ、いや、だってお前、今までそんな素振《そぶ》り……」

なかったじゃないか、と言いかけて。

（……………あれ？）

ふと、気付く。

（よく飲みに誘《さそ》ってくれるのは俺と一緒《いっしょ》にいたいからで、伊織ちゃんとの件を勘繰《かんぐ》るのも危機感から……？　とか考えると、辻褄《つじつま》は合う……………のか……？）

この思考が正しいのか、あるいは酔いがもたらした妄想《もうそう》なのか。

今の春輝には、判断出来なかった。

「あ、えと……桃井……俺、は……」

そして。

(俺は……桃井のこと、どう思ってる……?)

それもまた、今の春輝には……今まで考えたこともなかった春輝には、わからない。

(桃井は頭いいし、飲み込みも早い。頼《たよ》りになる後輩で、同僚だ。俺にとっちゃ、一番付き合いの長い……たぶん、友達でもあって。でも、異性としては……?)

グルグルグルグル。春輝の思考は巡《めぐ》る。

(美人で、性格もいい。話してて面白《おもしろ》いし、なんとなく落ち着いた気分にもなれる。漠然《ばくぜん》と、まぁ彼氏いるんだろうなぁくらいには考えてたけど……そういや、浮いた話の一つも聞かない。もしそれが、俺を好いてくれてのことなんだったら……)

胸が、妙にむず痒《がゆ》くザワめいた。

(嬉《うれ》しい……と、思ってるのか……? 俺は……?)

その感情に付けるべき名前も、今の春輝にはわからない。恐《おそ》らくそれは、たとえ酔っていなかったとしてもわからなかったのではなかろうかと思う。

「俺、は……」

とにもかくにも何か返さねばならないと気が急《せ》くが、言葉が出てこない。

「ふふっ」

貫奈が、微笑みを深めた。

「返事は、今でなくとも構いませんよ」

そう言いながら、グラスを傾《かたむ》ける。

「今日はお互《たが》い、酔ってしまっていますしね」

そんな貫奈を見て、ふと気付いたことがあった。

（んんっ……？　そういやコイツ、いつの間にか酔いが覚《さ》めてる感じじゃないか……？

……さっきまでのは、酔ってるフリだった……？）

何が本当なのか、わからなくなってくる。

（今のも、冗談《じょうだん》……だったり、する……？）

なーんちゃって！

そんな言葉が貫奈から出てくるのを、待ってみたが。

結局、その時が訪れることはなかった。

◆　◆　◆

と、いう場面から時は少し遡《さかのぼ》り――春輝と貫奈が居酒屋に入った、少し後。

「すみません、無理を聞いていただきまして……」

同じ居酒屋の前で、伊織は樅山課長に頭を下げていた。

「いやいや、別にこれくらい全然構わないのだけれどね」

言いながら、樅山課長はチラリと伊織の背後に目をやる。

「今日はよろしくお願いしまっす！」

「お世話になります」

露華が明るい笑顔で敬礼のポーズを取り、白亜がペコリと一礼した。

「えーと、君たちは小桜さんの妹さんだったよね……？」

「はい！　小桜露華でぇす！」

「小桜白亜です」

樅山課長へと、二人が改めて自己紹介《しょうかい》する。

「すみません……一旦《いったん》帰って事情を話したら、この子たちも来るって聞かなくて……」

恐縮《きょうしゅく》しながら、伊織は再び頭を下げた。

「いやぁ、ウチも居酒屋って興味津々《きょうみしんしん》で！」

「居酒屋といえば、大人の象徴《しょうちょう》。わたしも、行ってみたいと思ってました」

伊織が縦山課長に願ったこと。それは、『一緒に居酒屋に行ってほしい』というものだった。本当の理由は勿論《もちろん》春輝と貫奈のことが気になるからだったが、名目《めいもく》上は『行ってみたいお店があるけど、居酒屋だから未成年だけだと入れないので』ということにしてある。

「ははっ、構わないよ。何人でも一緒だしね。ただ、くれぐれもアルコールは頼《たの》まないようにね？　私の監督《かんとく》責任が問われちゃうからね」

『はいっ』

注意する縦山課長に、三人声を揃《そろ》えた。

「それじゃ、行こうか」

『はいっ』

再度声を揃えて、居酒屋の中に入っていく。

「いらっしゃいませー！」

「四人、禁煙《きんえん》席でお願いします」

迎《むか》えてくれた元気な女性店員に、縦山課長が指を四本立てて見せた。

「承知致《いた》しましたー！　こちらへどうぞ！」

幸いにして、案内されたのは春輝たちの様子が窺える席だ。しかも春輝たちはこちらに背を向けているため、ロケーションとしてはベストと言えた。

「お先に、ドリンク伺《うかが》いましょうかっ？」

「じゃあ、こちらはとりあえず生で……君たちは、どうする？」

自分のオーダーを伝えた後、縦山課長が伊織たちにメニューを差し出してくる。

「えーっと……ウチは、烏龍茶《ウーロンちゃ》で！」

「わたしは、緑茶」

軽くドリンクメニューに目を通し、露華と白亜も店員さんにそう伝えた。

そんな中、伊織は春輝たちの背中をジッと見つめたままで何も言わない。

「…………」

「……イオ姉？」

「お姉、お姉ってば。ドリンク、先に決めなって」

白亜が首を傾け、露華が伊織の腕《うで》を肘《ひじ》で突《つ》いた。

「あっ、うん、タピオカミルクティーで」

そんな二人に目を向けることもなく、伊織はそう口にする。

「お姉、こういう居酒屋にタピオカミルクティーは……」

「はい、ご注文承《うけたまわ》りましたぁ！　生、烏龍茶、緑茶、タピオカミルクティーですね！」

「あるんだ……タピオカミルクティー……」

露華の苦笑が、店員さんの返事によって驚《おどろ》き顔に変わった。

「それでは、すぐにお持ち致しまぁす！」

店員さんが去っても、伊織の視線は動かない。

「……なるほどねぇ、そういうことかい」

その先を見た縦山課長が、納得の表情を浮《う》かべた。どうやら、伊織の『本当の目的』に気付いたらしい。もっとも、ここまでガン見しているのだからそれも当然のことと言えよう。伊織としても、気付かれないとは端《はな》から思っていなかった。

自分だけでは居酒屋に入れないだろうと考えた伊織が同席相手として縦山課長のことを選んだのは、彼ならばこの件を無闇《むやみ》に言いふらすようなことはないとの信頼《しんらい》ゆえである。

「それじゃ、私も彼らを肴《さかな》にさせてもらおうかな」

果たして、縦山課長のコメントはそれだけであった。

「ほら、今のうちに食べるものも決めておこう。私は何度か来ているけど、この店は料理もなかなかだよ。お酒を飲まなくても通う人だっているしね」

それから、フードメニューを開いて伊織たちの方に差し出してくる。

「あっ、はい」

「ありがとうございます」

露華と白亜がメニューを見る中、伊織の目は春輝たちの方を向いたままだ。

「ドリンク、お待たせ致しましたぁ！」

とそこで、先程の女性店員がトレイを持ってやってきた。

「生、烏龍茶、緑茶、タピオカミルクティーです！　フードの注文も承りますがっ？」

店員さんはドリンクをテーブルに置いた後、ハンディターミナルに手を伸《の》ばす。

「とりあえず、枝豆と鶏皮《とりかわ》ポン酢《ず》を……どう？　そっちはもう決まったかな？」

樅山課長が、伊織たちの方を見ながら首を傾けた。

「えと、ウチはチーズタッカルビ、あとＴＫＧお願いしますっ！」

「わたしは、たこわさと鮭茶《さけちゃ》漬《づ》けを」

それぞれ注文した後、伊織に目を向ける。

「……イオ姉、食べ物の注文」

今回は白亜が伊織の腕を肘で突いた。

「あっ、うん、タピオカを」

やはり伊織の視線は動かない。

「イオ姉、タピオカ単品なんて……」

「はい、ご注文承りましたぁ！　枝豆、鶏皮ポン酢、チーズタッカルビ、TKG、たこわさ、鮭茶漬け、タピオカですね！　少々お待ちくださぁい！」

「あるんだ……というか、タピオカ単品ってどういう状態で出てくるの……？」

白亜の苦笑が、店員さんの返事によって興味深そうな顔に変わった。

そんなやり取りの間にも、伊織の目は春輝たちの背を見たままであった。

◆　◆　◆

それから、小一時間程の後。

「にしてもチーズタッカルビとTKG、美味《うま》っ！」

「たこわさも、いい感じ。鮭茶漬けとよく合う」

露華は、白亜と共に普通《ふつう》に食事を楽しんでいた。

というのも、春輝と貫奈の方にほとんど動きがないためである。少なくとも今のところは、普通に雑談しながら酒を飲んでいるようにしか見えない。少し貫奈が酔《よ》ってきているか？　といった風にも感じられるが、その程度だ。

「ねぇ、お姉もとりあえず食べなよ？　どうせ何話してるかも聞こえないんだしさ」

にも拘《かかわ》らず未《いま》だ春輝たちの方に目を向けたままの伊織に、そう促《うなが》す。

「うん……」

答えはするものの、心ここにあらずといった感じで伊織に動く気配はなかった。

(うーん……お姉、一回スイッチ入っちゃうとそれに集中しちゃって周りが見えなくなるところあるからなぁ……春輝クンのこととをもなれば、尚更《なおさら》か)

軽く苦笑。

「タピオカミルクティーも温《ぬる》くなっちゃうし。ほら、ストロー持って」

ストローを抜《ぬ》いて、伊織の口元まで持っていく。

「うん……」

すると伊織はそれを受け取り、ようやく動き始めた。

ただし、視線はやはり動かさないままである。

「って、お姉そっち単品の方のタピオカだよ!?」

結果、伊織はグラスではなく皿の方にストローを突っ込んだ。

そしてそのまま、ズゾゾッ！　と白い粒《つぶ》を吸い上げた。

「おおっ、凄《すご》い……パッサパサの状態で出てきたタピオカを一息であんなに……」

白亜が感心の声を上げる。

「っ……」

そんな中、なぜか突然《とつぜん》伊織が俯《うつむ》いてしまった。

「？　お姉、どうしたの？　喉《のど》詰まった？　烏龍茶飲む？」

心配しながら烏龍茶を差し出すも、伊織はその体勢のまま動かない。

「ロカ姉……違《ちが》う。たぶん、これはアレ、……」

白亜の言葉を受けて、露華も姉のこの状態にピンときた。

「……マジ？　この状況《じょうきょう》で？　色んな意味でビックリなんだけど」

とはいえ俄《にわか》には信じがたく、頬《ほお》がヒクつく。

「どうしたんだい？　お姉さんの体調が悪いようなら……」

「あー、いえ。たぶんなんですけど、今の姉は……」

心配げな縦山課長に説明しようとしたところで。

「あはははは！」

今度も突然、顔を上げた伊織が哄笑《こうしょう》を上げ始めた。

その頬はほんのり赤く、目は完全に据《す》わっている。

「私は何を思い悩《なや》んでいたんだろう！　今すぐ、何を話してるのか、何を話すつもりなのか、確かめに行けばいいだけだったのに！　さぁさぁ、レッツ突撃《とつげき》！」

「ちょちょちょ、お姉！　待った待った！」

「イオ姉、それは流石《さすが》にマズい……！」

春輝たちの方に向かっていこうとする伊織を、白亜と二人がかりで慌《あわ》てて押さえた。

「えっ……？　まさか小桜くん……それ、酔っているのかい……？　間違えて飲んだ……？　にしても、お酒どころかほとんど何も口にしていないだろう……？」

伊織の豹変《ひょうへん》に、縦山課長が驚き半分疑問半分といった表情で問うてくる。

「いやぁ、元々お姉……姉は、お酒に激弱体質なんですが……」

「恐《おそ》らく今回は、匂《にお》いとか場の空気的なものに酔ったのかと」

露華と白亜、共に苦笑でそう説明した。

「ええ……？　そうなの……？」

縦山課長は、未だ半信半疑といった様子である。

「はい……なのでウチらは、ここで失礼しますね」

「せっかくお付き合いいただいたのに、申し訳ないです」

引き続き伊織を押さえながら、二人でペコリと頭を下げた。

「うん、まぁ、それは全然構わないんだけどね」

縦山課長は苦笑気味に笑う。

「これ、ウチらの分のお代です」

「いや、ここは私が出しておくから構わないよ」

財布から千円札を数枚出すと、樅山課長が今度は普通に笑って手を振《ふ》った。

「お金のことはキッチリすべきだと、父に教わっていますので」

けれど、露華は手を引っ込めない。

「……そう。良い親御《おやご》さんだね」

「はいっ」

微笑《ほほえ》む樅山課長に、はにかんで頷いた。家を追い出される原因を作った本人ではあるが、今でも露華は父のことが普通に好きだし褒《ほ》められると嬉《うれ》しいのだ。

「それでは、失礼しまっす！」

「失礼します」

「うん、気をつけてね」

樅山課長に見送られ、踵《きびす》を返す。

「ほらお姉、帰るよー」

「イオ姉、肩《かた》に摑《つか》まって」

両脇《りょうわき》から抱《かか》えるような形で、伊織を支えながら店の出入り口に向かっていく。

「にゅう……帰るの嫌《いや》ぁ……春輝さんに会うぅ……」

伊織は怪《あや》しい呂律《ろれつ》で拒絶《きょぜつ》するも、身体《からだ》に力が入らないのかあまり抵抗《ていこう》は強くない。

「春輝クンに会うために帰るんだよー」

「ふぇ……？　春輝ひゃん、おウチぃ……？」

「そう、ハル兄がおウチで帰りを待ってる」

「そっかぁ……じゃあ、帰りゅぅ……」

そして、チョロかった。

「にしても、まさかこんな形でお姉が足を引っ張るとは……」

「今後、お酒はイオ姉の周囲に置くのも禁止」

露華が苦笑し、白亜が頬を膨《ふく》らませる。

「ま、結局向こうも何もなさそうだし……」

呟《つぶや》きながら、何とはなしに春輝たちの方に目を向ける露華。

「……おろ？」

すると二人の空気感が先程とは少し違っているように見えて、小さく眉根《まゆね》を寄せる。

「……？」

そんな露華を訝《いぶか》しんでか、白亜も露華と同じ方向に目を向けた。

「先輩《せんぱい》」

たまたま店内が静かなタイミングと重なったらしく、貫奈の声が聞こえてくる。

彼女は、真剣《しんけん》な眼差《まなざ》しで春輝を見つめており。

（……まさか）

その雰囲気《ふんいき》は、まるで……と、露華が思ったタイミングであった。

「好きです」

その言葉が、紡《つむ》がれたのは。

『!?』

驚《おどろ》いて白亜の方を見ると、ちょうど彼女も驚いた顔を向けてきたところだった。

「ふにゃぁ……春輝ひゃぁん……！」

『!?』

次の瞬間《しゅんかん》に伊織が少し大きめの声を出したために、今度も二人揃《そろ》って顔が強張《こわば》る。

「…………えっ？」

恐る恐る春輝の方を窺《うかが》ってみると彼は貫奈の方に意識が集中しているようで、こちらに気付いた様子はなかった。差し当たり、二人で安堵《あんど》の息を吐《は》く。

「なんて言うと、先輩はきっとＬＩＫＥの意味で認識するのでしょうけれど」

その間にも、二人のやり取りは続いていた。

「異性として、好きです。小桜さんに対抗《たいこう》して言うならば……愛して、います」

「えっ、いや、だってお前、今までそんな素振《そぶ》り……」

『…………………』

ギリギリ声が届く距離《きょり》で身を隠《かく》し、露華と白亜は息を殺して会話を聞く。

「あ、えと……桃井……俺、は……」

春輝の、戸惑《とまど》うような……あるいは、迷うような。そんな気配が伝わってきた。

「俺、は……」

「ふふっ」

次いで聞こえてくる、貫奈の笑い声。

と、そこで。

「春輝ひゃぁん……!? 何ですかそれはぁ……！」

『っ!?』

再び伊織が大きめの声を出して、露華と白亜の顔がまた強張る。

「くっ……ここは、気付かれないうちに退散するのを優先か……！」

「同意……最後まで聞けないのは、誠に遺憾《いかん》だけど……」

こうして、後ろ髪《がみ》を引かれる思いながらも伊織を連れて店を出る二人であった。

◆　◆　◆

結局、（春輝が一方的に）気まずい思いを抱きながらも貫奈を彼女の自宅まで送って
──その際に「ちょっと寄っていきます？　何なら、泊《と》まっていってもいいですよ？」なんて言われて、若干《じゃっかん》ドギマギしつつも断って──から帰った春輝。

「……ただいま」

貫奈の件についてどうするか、考え事をしながらだったので挨拶《あいさつ》の声は小さめとなる。

「おかえり、春輝クン」

「おかえりなさい、ハル兄」

それでもちゃんと届いたようで、露華と白亜が迎《むか》えに出てきてくれた。

「……あれ？　伊織ちゃんは？」

しかしいつもなら大体三人揃って出てくる場面なのに、今のところ伊織が来るような気配はない。キッチンにいるわけでもなさそうだ。

「あー、お姉はねー……」

「先に寝《ね》てる」

露華が苦笑を浮《う》かべて言い淀《よど》み、白亜が淡々《たんたん》と告げた。

「えっ……？　大丈夫《だいじょうぶ》？　体調でも悪いのか？」

珍《めずら》しい……というか、一緒《いっしょ》に暮らし始めてから初めての状況に、春輝は眉根を寄せる。

「だいじょぶだいじょぶ、そういうのじゃないから」

「少なくとも、明日の朝には元気な顔を見せるはず」

「そう……なの？」

何が起こっているのかは全く伝わってこなかったが、彼女たちが言うならばそうなのだろうと納得しておくことにする。年頃《としごろ》の女の子なのだし、春輝に言いづらいことの一つや二つくらいはあるだろう。

「つーか……二人も、なんかやけに疲《つか》れた顔してないか？　何かあったの？」

そこも、気になるところであった。

「まっ、ちょっとね」

「気にしないで」

「そう……？　まぁ何にせよ、今日は早めに休めな？」

「うん、そうする」

春輝の言葉に、白亜がコクンと頷《うなず》く。

「ただ、その前にさぁ……」

その隣《となり》で、露華は春輝のことをジッと見つめていた。

「春輝クンの方こそ、何かがあったって顔してるような気がするけどぉ？」

「っ……!?」

鋭《するど》い指摘《してき》に、思わず顔が強張ったのを自覚する。

「……ふぅん？」

そんな春輝の顔を見てどう思ったのか、露華が小さくそんな声を上げた。

「とりあえず、あの後に何か進展があったってわけではなさそうか……」

まるで貫奈との一件のことを知っているかのような呟きに、心臓がドキリと跳《は》ねる。

（い、いや落ち着け、そんなわけないだろ……俺の方があの件について気にしすぎてるせいで、何でもかんでも関連があるように思えちゃうだけだ……たぶん……）

心中で、自分に言い聞かせた。

「別に、何もないさ。ただ、今日は業務後にちょっとした飲み会があるって連絡《れんらく》したろ？　それで、多少飲み過ぎたのはあるかもな」

実際には、貫奈の『告白』で酔《よ》いも吹《ふ》っ飛んだわけだが。

そんなことを伝えても仕方ないので、そう誤魔化《ごまか》しておく。

「……そっか」

「ハル兄の言い分は、理解した」

「あぁ。シャワー浴びたら俺もすぐ寝るから、二人ももう寝なよ？　おやすみ」

どうにも納得してくれたようには見えなかったが、春輝としても今日はもう早く休みたかったのでそれで話を打ち切ることにした。

「うん。おやすみ、春輝クン」

「おやすみなさい、ハル兄」

二人の視線を背中に感じると……なんとなく後ろめたさのような感情が胸に湧《わ》き上がってくる気がするのは、なぜなのだろうか。

◆　◆　◆

翌朝。

春輝は、若干の緊張《きんちょう》を胸に出社していた。

「おはようございまーす」

それを極力外に出さないよう、いつも通りの声を意識してオフィスの扉《とびら》を通る。

（桃井は……まだ出社してない、か……？）

半ば以上無意識に、目がオフィス内を見渡《みわた》していた。今のところ視界の中に貫奈の姿は入ってこず、差し当たりホッと安堵の気持ちを抱《いだ》く。

「先輩、誰《だれ》かをお探しですか？」

「うぉっ⁉」

ゆえに、物陰《ものかげ》から現れた貫奈に必要以上に大きく反応してしまった。

「ふふっ、なんですかそのリアクション。人を、まるでお化けみたいに」

「あ、あぁ、悪い……」

クスクスと笑う貫奈に、頭を掻《か》きながら謝罪する。

「あー……その、な。桃井……」

これを口にするのは、非常に気まずい。

しかし確認しないことには、下手《へた》をすると今後の業務にまで影響《えいきょう》が出かねない。

「昨日の件、なんだが」

だから、妙《みょう》な汗《あせ》が背中を伝っていく中でそう切り出した。

昨日の『告白』は、ただの酔っぱらっての冗談《じょうだん》だったのか。それならそれで、全く問題ない。「だよなー！」と笑い飛ばせばいいだけの話だ。

だが、万一本気だったのだとしたら……春輝も、真剣に返事をする必要があるだろう。

どちらなのか、素面《しらふ》の今確認すべきだと思った。

「あぁ、はい。昨日、ごちそうさまでした。すみません、奢《おご》ってもらっちゃって」

「んぁ……？　あぁ、いや……」

しかし貫奈は妙にケロッとした表情で、春輝の返答は大層微妙《びみょう》なものとなる。

「それに、家まで送っていただきまして」

「いや、別にそれはいいんだけど……」

まるで、『告白』のことなんてなかったかのように。今までと変わらない貫奈の態度を見ているうちに、春輝はとある可能性に思い至った。

(部分的に記憶《きおく》が飛んでる……とか？)

記憶が飛ぶタイプだと聞いた覚えはないが、昨日は今までにない飲酒量だったはず。記憶が飛んでいたとしても、おかしくはないように思う。

(だとしたら……昨日のは、どういう意図だったんだ……？)

酔ったがゆえの冗談だったのか、酔った勢いゆえに飛び出した本心だったのか。

「桃井、お前さ……」

尋《たず》ねようとして、言葉を止める。

俺のことが好きなの？　という質問が一瞬《いっしゅん》浮かんだが、あまりに自意識過剰《かじょう》感が過ぎるために口に出すのは躊躇《ためら》われた。

「？　私が、どうかされましたか？」

貫奈が、不思議そうに首を傾《かたむ》ける。

「い、いや……なんでもない」

結局、そう誤魔化してしまった。

「そうですか？　ならいいんですけど」

そう言いながら、貫奈がスッと近づいてくる。

いつもより一歩分ほど近い距離に、春輝の心臓は小さく跳ねた。

「ところで、ネクタイ曲がってますよ？」

春輝の首元に手を伸《の》ばし、クイッとネクタイを弄《いじ》る貫奈。

「はい、これで大丈夫です」

春輝の間近で、ニコリと微笑《ほほえ》む。

そして。

「私、昨日のことはちゃんと覚えていますからね」

「っ!?」

耳元で囁《ささや》かれた言葉に、春輝は目を見開いて彼女の顔を凝視《ぎょうし》した。

「あれは、私の本心からの言葉ですので……お返事、お待ちしています」
そう言ってから、貫奈は半歩下がる。
「今日もお仕事、頑張《がんば》りましょう」
そのまま、踵《きびす》を返して自席に向かっていった。
直前に見えたイタズラっぽい笑みが、妙に脳裏《のうり》に焼き付く。
(桃井……なんか、吹っ切れた感じというか……)
昨日までの彼女に感じられた、どこか焦《あせ》りを含《ふく》んだ空気が完全に消え去っていた。
というか今の貫奈は、春輝の記憶にあるどの時期の印象とも異なる気がする。
先のように、至近距離《きょり》に平然と踏《ふ》み込んでくるタイプではなかったはずだ。
笑顔も、今までより随分《ずいぶん》と明るい印象だったように思う。
それから。
(……………可愛く、なった？)
それは彼女の変化ゆえなのか、春輝の彼女を見る心境の変化ゆえなのか。
春輝には、わからなかった。

第2章　変化と話し合いと買い物と少しの不穏《ふおん》と

変化といえば。

家での生活にも少し変化が生じているように、春輝《はるき》は感じていた。

「はぁ……定時間際《まぎわ》の障害はマジでやめてほしいよなぁ……」

例えばそれは、そんなボヤキと共に帰っていた日のことである。

「って、俺がそんな感想持つ日がまた来るなんてな」

思わず、苦笑が漏《も》れた。残業が常態化していた頃《ころ》は、結局帰るのは終電か夜明け。いつ障害が発生しようが、あまり関係なかったのだが。

「すっかり、今の日常に慣れちまってるってことか」

定時帰りが多くなった日々に。

迎《むか》えてくれる人がいる家に。

「ただいまー」

そんなことを考えながら、玄関《げんかん》の扉《とびら》を開ける。

『おかえりなさーい』

いつもであればすぐに三人が出迎えてくれるのだが、今日は声だけだった。

「……？」

不思議に思いながらも、声の聞こえた方……リビングへと向かう。

扉を開けた瞬間《しゅんかん》、少し甘い匂《にお》いが鼻に届いた。

『ようこそ、癒《い》やしの空間へ』

そして部屋の中へと目を向けてみれば、そんな言葉と共に両手を広げる三人の姿が。

「えっ、と……これは……？」

イマイチ意図が摑《つか》めず、春輝の声には多分に戸惑《とまど》いが含《ふく》まれていた。

「今日、定時間際で障害が発生してましたよね？　きっと帰って来る頃にはお疲《つか》れだろうと思いまして、準備していたんです。疲労《ひろう》に効くっていうアロマも焚《た》いてみました」

「そ、そう……？」

伊織《いおり》の言葉で動機は理解出来たが、何をするつもりなのかは結局よくわからない。三人の表情から、アロマを焚いて終わりということではなさそうだが。

「というわけで、こちらへ」

と、伊織は正座の姿勢で自らの膝《ひざ》をポンポンと叩《たた》く。

これについては、これまでの経験から膝枕《ひざまくら》を促《うなが》しているのだろうとすぐにわかった。

「あー……うん、ありがとう」

例によって断られることを想定していなさそうな表情を前に、春輝は苦笑気味に頷《うなず》く。

「さぁ、ハル兄」

トトトッと小走りで寄ってきた白亜《はくあ》が、春輝の手を取って引いた。どうやら、エスコートしてくれるらしい。といっても、伊織のところまで数歩程度しかないのだが。

「ははっ、了解《りょうかい》」

フンスと鼻息も荒《あら》く、やる気満々な白亜の表情に思わず微笑みがこぼれる。

「はい春輝クン、上着はここで脱《ぬ》いでね」

「ん、あぁ、どうも」

更《さら》に、露華《ろか》が手ずから上着を脱がしてくれた。

「ささっ、どうぞ」

再び自らの膝を叩く伊織の表情は、妙《みょう》にやる気に満ち溢《あふ》れて見える。

「それじゃ、失礼して」

そう言ってから、春輝は仰向《あおむ》けに寝転《ねころ》がって伊織の腿《もも》の辺りに後頭部を載《の》せた。

(最初の頃に比べれば、随分抵抗《ずいぶんていこう》感も少なくなってるよなぁ……)

などと、妙な感慨《かんがい》深さを覚えていた春輝であったが。

「あ、すみません。今回は、そうじゃなくて」

「ん……？」

頭上からの声に、困惑《こんわく》することとなる。

「こう……横向きになっていただけますか？」

「んんっ……？」

伊織が春輝の頭に手を当てそっと力を込めるので、促される形で身体《からだ》を九十度横に。

「んんんっ……!?」

そして、その『ヤバさ』を実感する。

（いや、これは……これは、流石《さすが》にダメじゃないか……!?）

後頭部越《ご》しなら、まだ自身の髪《かみ》というクッションもあった。しかし現在、伊織の腿と接《せっ》触《しょく》しているのは頰《ほお》。その柔《やわ》らかさが、肌《はだ》にダイレクトに伝わってきた。もちろんスカート越しではあるのだが、逆に言えば布一枚を間に挟《はさ》んでいるだけなのである。

そして、視界も大変なことになっている。その大半を占《し》めるのが、スカート。

（人生において、ここまで至近距離《きょり》でスカートを見たことがあったろうか。いや、ない）

なぜか思考も反語気味になろうというものである。この体勢では伊織の顔を見上げることも難しく、それが余計に妙な背徳感を覚える原因となっている気がした。

「あのさ、流石にこれは……」

と、起き上がろうとするも。

「あっ、動かないでくださいね。危ないですから」

「危ない……!?」

伊織の警告に、思わず動きを止めてしまった。

「ハル兄、始めるから」

「な、何を……？」

次いで聞こえてきた白亜の声に、ちょっとビクッとなる。

直後、目の前に白亜が座るのが見えた。

「こしょこしょ～」

そんな白亜の声と同時に、耳の穴にくすぐったい感覚が生じる。覚えのある感触。恐《おそ》らくは、耳かきのフワフワした部分のそれだと思われる。

「では、ここからが本番」

白亜の声に、どこか緊張感《きんちょうかん》が混じったような気がした。今度は、耳の中に硬《かた》い感触の何かが入ってくる。流れ的に、今度は耳かきの匙《さじ》の方なのだろう。

「ほんじゃ、ウチもやっちゃうよ～」

背後、すぐ傍《そば》から露華の声。

「おぉ……お客さん、凝《こ》ってますねぇ」

かと思えば、肩《かた》が揉《も》まれ始めた。

「ロカ姉、危ないから動かさないようにね？」

「わかってるっての。ウチのマッサージテクを信頼《しんらい》しなよ」

「そのテクが発揮された場面をあんまり見たことないから、信頼に足るソースがない」

「ま、帰ってきたお父さんにやってたのがほとんどだからねー。お父さんも帰るの遅《おそ》い人だったし、おこちゃまの白亜は大体寝ちゃってたもんなー」

「むぅ……今ならわたしだって、こうして参加出来るし」

春輝越しに言い合いをするのは、出来れば勘弁《かんべん》願いところであった。特に白亜にはデリケートな部分を任せているのだから尚更《なおさら》である。

「こら二人とも、ちゃんと集中しないと危ないでしょ」

そんな春輝の心を代弁するかのように、伊織が窘《たしな》めてくれた。

『はーい』

二人も素直に返事して、その後は黙《だま》って手元に集中してくれたようだ。

そのまま、しばらくこの状態が続く……のかと思いきや。

「春輝さん、今日もお仕事頑張って偉《えら》かったですねぇ」

いつかのように、伊織が子供に対するような口調となって頭を撫《な》でてきた。

(これは……ちょっと、前より恥《は》ずかしいな……)

二人きりだった以前とは違《ちが》って、今はすぐ傍に露華と白亜もいるのだ。頭を動かすわけにもいかず、二人がどんな表情を浮《う》かべているのかもわからない。

(……つーか)

ふと、己の状態を客観視してみる。

前方に白亜、後方に露華、そして頭上に伊織。

(なんかこれ、観察されてる実験動物みたいだよな……)

三方から覗《のぞ》き込まれている様にそう思って、苦笑が漏れた。

(ま、これもこの子たちなりの好意の表し方……って、ことなんだろう)

そう思って、受け入れることにする。

これが、家での変化。以前よりも、こういったコミュニケーションが増えているのである。肌の接触を伴《ともな》うものがやけに多い気がするのは、春輝の気のせいなのだろうか。

(好意……か)

自身の思考に含まれていた単語から、ふと連想する。

——異性として、好きです

貫奈《かんな》の、『告白』。

（喜ぶ……べき、なんだろうな……）

しかし、未《いま》だ春輝にその実感は生まれていなかった。

明日にでも、「実はあれは冗談《じょうだん》でしたー！」なんて言われるような気がして。

それはきっと、貫奈に対して失礼なのだろうけれど。

（俺は、あいつのこと……どう、思ってんだろうな……）

ぼんやりと考えるも、答えが出ることはなかった。

そして、これは視界の問題で仕方ないことではあるのだが。

露華と白亜が何かを探るような目で見つめてきていることに、気付くこともなかった。

◆

◆

◆

たっぷりと春輝に『癒やし』を提供した後。

風呂《ふろ》に向かった春輝と夕食の準備の仕上げをしに行った伊織を見送ってから、露華と白亜は至近距離で顔を突《つ》き合わせた。

「これより、小桜《こざくら》姉妹緊急特別会議を始めます」

「おー」

「議長はこのウチ、小桜露華が務めます」

「おー」

神妙な顔で言う露華に、白亜が拳《こぶし》を掲《かか》げて応える。

「議題は、わかっていますね？」

「こないだの、桃井《ももい》さんの一件」

「その通りです」

白亜が回答すると、露華は真面目《まじめ》くさった調子で頷いた。

「議長、質問が」

「はい、なんでしょう白亜さ……いいやこれ、めんどいから普通《ふつう》にいこう」

そして、一瞬《いっしゅん》でいつもの調子に戻《もど》った。

「で、何よ白亜？」

「これは、ハル兄と桃井さんのことをどう邪魔《じゃま》するかを話し合うってこと？」

「ノー」

白亜の問いに、露華は首を横に振《ふ》った。

「ちゅーか、実際問題それは不可能だよね。会社の人が相手じゃ、ウチらが介入《かいにゅう》出来る範《はん》囲《い》が物理的に狭《せま》すぎるわけだし。お姉なら別だけど」

「……というか」

白亜が、キッチンの方に目を向ける。

「小桜姉妹緊急特別会議、イオ姉はいなくていいの？」

「お姉なー」

露華は腕《うで》を組み、若干《じゃっかん》悩《なや》ましげな表情となった。

「お姉に声をかけなかった理由は、二つ」

それから、白亜に向けて指を二本立てる。

「一つは、お姉が例の場にいなかったこと」

「……一応、その場に存在はしてたけど」

「いや、あの時のこと確かめてみたら案の定だいぶ早期段階から記《き》憶《おく》飛んでたじゃん。そんなもん、実質いなかったようなもんっしょ」

「それは確かに……」

頷《うなず》いてから、白亜は再び疑問の目を露華に向けた。

「でも、わたしたちから説明するって手もあるのでは？」

「ウチ的には、お姉があれを認識してないのはむしろ朗報だと思うんだよね。だってお姉、腹芸とか絶対出来ないっしょ？　桃井さんとなんか気まずくなるくらいならまだしも、仕事に影響《えいきょう》とか出たら良くないじゃん？」

「……ロカ姉から常識的な見解が出てきたことに、驚《おどろ》きを禁じ得ない」

「ふっ、常識破りは常識を知ってこそ出来ることよ」

「それを踏《ふ》まえた上で、ロカ姉は普通に常識がないタイプだと思ってた」

「アンタ、ずっとそんな目でウチを見てたわけ!?」

若干声を荒《あら》らげる露華だが、白亜の前では特におちゃらけてきたこれまでを思い出す。

「んんっ、そんなことよりも」

コホンと咳払《せきばら》いして、話を本題に戻すことにした。

「お姉に声をかけなかった理由の二つ目……それは、言わなくても結果的にウチらに協力してくれるだろうからってこと。結局、お姉とも利害は一致《いっち》するわけだし」

「なるほど……？　それで結局、この会議の目的は？」

「まぁ、端的《たんてき》に言うとだね」

ニッと笑って、露華は白亜へと手を差し出す。

「ウチと手を組みなよ、白亜」

白亜はその手を見下ろしてから、視線を上げて露華と目を合わせた。

「……それによるメリットは？」

「現状、春輝クンにとっての『気になる存在』ってのは、お姉と桃井さんなわけだ。あの二人だけ……たぶん、そこにウチらは含《ふく》まれてない」

「それは、確かにそうだと思うけど」

その認識は白亜も持っていたのか、小さく頷く。

「それなら、わたしたちも告白すればいいだけじゃ？　告白を取り消さなければ、むしろイオ姉に対しては一歩リード出来るとすら言える」

「ほーん？　そこまでわかってるなら、なんでさっさと告白しないの？」

「……それは」

試す口調で尋《たず》ねると、白亜は口を噤《つぐ》んだ。

「わかってるからだよね？　今告白しても、失敗するだけだって」

それは、露華自身に言えることでもある。

「……遺憾《いかん》ながら、そうだと言わざるをえない」

目を閉じ、再び白亜は頷いた。

「今考えると、イオ姉もそれがわかってるから告白をなかったことにしたのかも……？」

「ま、その可能性はあるかもね。普通にテンパってただけって説が有力だとは思うけど」

半笑いを浮かべた後、露華は表情を改める。

「春輝クンにとって、ウチらはあくまでも『家族』……本気で『家族』だって思ってくれてること自体は、嬉《うれ》しいんだけどね」

次いで、それが微苦笑《びくしょう》に変化した。

「うん……本当の家族みたいに大切に想《おも》ってくれてること、とても嬉しい」

白亜も、小さく微笑《ほほえ》む。

「でも、わたしは欲張《よくば》り。それだけじゃ満足出来ない」

「ま、女の子ってそういうもんっしょ」

笑みを好戦的なものに変化させた白亜に、露華は肩をすくめた。

「だけど今の時点で告白しても、きっとハル兄は『家族』をそういう目で見ることは出来ないって言うと思う。わたしたちのことを、まだ子供だと思ってる節があるし」

「あとウチの場合は、告白してもとりあえず冗談だって捉《とら》えられそうだし。まずはマジだって信じてもらうための説明が必要とか、そんな告白嫌《いや》じゃん？」

「ロカ姉は、『自業自得』という言葉を座右の銘《めい》として刻んでおくべき」

「ぐむ……しゃーないじゃん、春輝クンと出会った当初はまさかこんなマジになると思ってなかったんだし。今更《いまさら》キャラ変するってのもさぁ……」

白亜に痛いとこを突かれて、露華の口元がヒクつく。

「ともかく」

パンと手を打って、無理矢理に話題を変えることにした。

「ウチらより先んじてるとはいえ、お姉が『家族』枠《わく》なのも変わらないわけで。今んとこ一馬身以上リードしてるのが桃井さん、ってことになるわけだよね」

「『家族』じゃない、大人の女の人……」

「強力なライバルが本気を出してきた以上、ウチらの間で争っても結局不利になるだけ」

「それで、手を組むって話に……」

白亜も、露華の意図を察してくれたらしい。

「そゆこと。とりま、最低限春輝クンにとっての『恋愛対象《れんあい》』にならないことには戦いの舞台《ぶたい》に上がることさえ出来ないしね」

「とはいえ、それが簡単に出来れば苦労してないし……具体的には、どうするの？」

「こういう作戦会議を定期的に開催《かいさい》して、どうすれば春輝クンへの効果的なアプローチになるかを考える。やっぱ、一人じゃ考えが偏《かたよ》ったり気付かないことがあったりするしね」

「……ちなみに、そうやって考えたアイデアを実行している間は？」

「ふっ、決まってんじゃん」

露華と白亜の視線が交錯《こうさく》し、火花が散った。

「その間は、今まで通りライバルよ」

「なるほど……それなら、望むところ」

そこでようやく、差し出されたままだった手を白亜が取る。

「よろしく、ロカ姉」

「アンタ風に言うと、『同志』ってことになるのかな？　よろしくね、同志」

こうして、二人の間で固い握手《あくしゅ》が交わされた。

「それで、直近の動き方は？」

「そうねぇ、まずはぁ……」

白亜の問いに、露華がニンマリと笑う。

◆　◆　◆

とある休日。

「ねぇね春輝クン、服買いに行こうよっ！」

リビングのソファで寛《くつろ》いでいた春輝の腕に、露華がそんな言葉と共に抱《だ》きついてきた。

「ん……？　あぁ、いいよ」

　つい先日、制服しか持ってきていなかった彼女たちの服を買いに行ったばかりではあるが。一回の買い物だけで全てを揃《そろ》えるのは難しいだろうし、色々と後になって不足に気付くことだってあるだろう。そう思って、春輝はあっさりと頷いた。

「ありがと、愛してるぅ！」

　露華がニパッとあけすけな笑みを浮《う》かべる。

「……ところで春輝クン、この状況《じょうきょう》に対するリアクションは？」

　次いで、ギュッと春輝の腕を掻《か》き抱《いだ》く手に力が込められた。

「ふっ、いつまでも俺がこの程度で動揺《どうよう》すると思うなよ？」

　なんて、嘯《うそぶ》く春輝であったが。

(なんでこの子たち、しょっちゅう付けてないの⁉)

　腕に伝わってくる柔《やわ》らかい感触《かんしょく》に、実際のところは無茶苦茶動揺していた。

「ふっふーん？　春輝クンが喜んでくれるかと思って、わざと付けてないんだよ？」

　そんな内心が見事なまでに見抜《みぬ》かれたようで、露華がニンマリと笑う。

「……ロカ姉、それは協定違反《いはん》では？」

　とそこに白亜が現れ、露華にジト目を向けた。

「こんなの、『家族』とのちょっとしたコミュニケーションじゃん？　ねっ？」

「そ、そうだな」

白亜の言う『協定違反』とやらが何のことかはわからなかったが、露華の流し目を受けて春輝はやや吃《ども》りながらもとりあえず頷いておく。

「……なるほど、コミュニケーションなら仕方ない」

白亜も納得したらしく、一つ頷いてから歩み寄ってきた。

「なら、私もコミュニケーションタイム」

そして、春輝の膝《ひざ》の上に座る。

「はいよ」

小さく笑って、春輝は白亜の肩《かた》辺りに腕を回した。

この辺りの対応も、既《すで》に慣れたものである。

……と、思っていたのだが。

「ありがと、ハル兄」

振り返ってきた白亜の微笑みを見て、ドキリとしてしまった。

（あれ……？　この子、こんなに大人びてたっけ……？）

やけに、その笑顔が綺麗《きれい》に見えたためである。

「……？　どうかした？」

ボーッと見とれてしまっていたせいか、白亜が小さく首を傾《かたむ》けた。

「……いや、なんでもない。ちょっと考え事してただけだから、気にしないで」

「そう……？」

そんな仕草は今まで通りに小動物っぽくて、なんとなくホッとした気分になる。

「……なるほど、伸《の》び代《しろ》があるって意味では有利って考え方もあるか」

顎《あご》に指を当て、何やら思案顔で呟《つぶや》く露華。

「露華ー？　服を買いに行く件、春輝さんにもう……」

そこでリビングに顔を出した伊織が、言葉を途中《とちゅう》で切って目をパチクリと瞬《また》かせる。

「あ、あのっ、春輝さんっ」

かと思えばスススッと近づいてきて、春輝の隣《となり》に座った。このソファは二人用で、既に露華が反対側にいる上に白亜が膝の上に乗っているためだいぶ手狭《てぜま》感が生まれている。

「露華から聞きましたか？　春輝さんのご都合がよろしければ、この後みんなで服屋さんに行ければと思うのですが……」

「あぁ、うん。露華ちゃんにも言ったけど、問題ないよ」

表面上は平静に答える春輝。

（それを言うだけなのに、なぜわざわざこの距離《きょり》に……!?）

勿論《もちろん》、内心では絶賛動揺中であった。

「そうですかっ！　ありがとうございます！」

間近で伊織がニコリと微笑むものだから、尚更《なおさら》である。

「それじゃ二人とも、出掛ける準備をしてきなさいな」

引き続き笑顔のまま、伊織が露華と白亜を促《うなが》した。

「うん、お姉もね？」

同じく笑顔で、露華が立ち上がりながら伊織の腕《うで》を取る。

「私は、すぐに準備出来るし……」

「駄目《だめ》。イオ姉のせいでハル兄を待たせることになったら申し訳ないし」

「むぐ……」

白亜の反論に、伊織の笑みが崩《くず》れた。

「……それじゃ春輝さん、準備をしてきますので」

そして、どこか名残惜《なごりお》しそうに立ち上がる。

「別に今日は何か用事があるわけでもないから、ゆっくり準備しておいで」

並んでリビングを出ていく三人の背に、そんな言葉を送って。

「……ところでこれ、カードさえ渡《わた》しとけば俺が行く必要はなくね？」

今更ながらに気付いて、そんなことを呟いた。

◆　◆　◆

春輝と一緒《いっしょ》に行く気満々だった三人に「カード渡すから君たちだけで行ってくれば？」とも言いづらく、結局四人で出掛けることになったわけだが。

彼女たちの案内に従って辿《たど》り着いた店に足を踏《ふ》み入れた後、春輝は自分の考えていた前提自体が間違《まちが》っていたことに気付いた。

「春輝さん、これなんかいかがでしょう？　シックな雰囲気《ふんいき》で、似合うと思うのですが」

「春輝クン、こっちこっち！　まだまだ若いんだから、もっと冒険《ぼうけん》しなきゃ！」

「ハル兄、わたしはこれが格好いいと思う」

店内で開催されたのは、かつてを思わせるファッションショー。

ただし、今回のモデル役は他ならぬ春輝だったのである。

「あのさ……そもそもの話なんだけど」

どうやら、『服を買いに行く』というのは『春輝の』という意味だったらしい。

なるほど、それならば春輝の存在は必須《ひっす》であろう。

「どうして、俺の服を買いに行くなんて話になったんだ？」

ただ、その理由が春輝にはわからなかった。

「はい、露華と白亜からの提案だったんですけど……」

と、伊織が二人の方に目を向ける。

「だぁって春輝クン、持ってる服がシンプルすぎなんだもぉん」

「もっとファッションに気遣《きづか》うべき。大人の女性として、わたしがアドバイスする」

露華が呆《あき》れ気味に、白亜がドヤ顔で答えた。

「私としても洗濯《せんたく》する時に、春輝さんの私服がくたびれ気味なのがちょっと気になってい
ましたので……あの、ちょっとだけですけどね？」

伊織は苦笑気味に笑う。

「……確かにな」

春輝としては、一ミリも反論することが出来なかった。

長いこと仕事に忙殺《ぼうさつ》され、最後に服を買ったのがいつだったのかもイマイチ思い出せな
い。選ぶのが面倒《めんどう》だしファッションに興味もないので、買う時だって見るのはほとんど値
段とサイズのみ。基本的に無地なら問題ないだろう、というスタンスだった。

しかし。

（そうだよなぁ……一緒に歩いてる奴《やつ》がダサいと、年頃《としごろ》の女の子として恥《は》ずかしいよなぁ
……ここは、『家族』としてちゃんと頑張《がんば》らないとだな）

今の春輝は、かなり前向きな気持ちである。

「わかった、じゃあ悪いけど選んでくれるかな？」

とはいえ自分のセンスに自信など微塵《みじん》もないため、丸投げする気満々であった。

「はいっ、頑張って選びます！」

「ま、ここはウチのファッションセンスに任せなよ」

「大人の女性の服選びというものを見せてあげる」

なぜか三人もやる気満々な様子なので、両者の思惑《おもわく》は一致《いっち》していると言えよう。

……なんて、考えている春輝には。

「ふっ……これでウチの選んだ服を着る度《たび》に、ウチのことを思い出すって寸法よ」

「ハル兄を更に自分好みに改造していく第一歩でもある」

そんな露華と白亜の呟きは届かなかった。

◆　◆　◆

それから、小一時間程が経過した頃。

（……姉妹でも、選ぶ服に結構個性が出るもんなんだな）

春輝はそんなことを思っていた。


例えば、白亜。

「ハル兄、次はこれを着てみて」

「……うん、まぁ、着るよ。着てみるけどね？」

彼女が持ってきた服を受け取り、春輝は半笑いでフィッティングルームに入った。

一分程度で、着替《きが》え終え。

「……一応、着てみたけど」

カーテンを開け、再び白亜の前に出る。

「うん、よく似合ってる。ハル兄、格好いい」

「そ、そう」

満足げに頷《うなず》く白亜に、春輝の口元がヒクついた。

なるほど彼女が持ってくる服は、確かに格好いい。それは確かなのだろう。だが、むしろ格好良すぎるというか。ビジュアル系のバンドマンが着るようなキメッキメのもので、地味顔の春輝では露骨《ろこつ》に着られている感が凄《すご》かった。

（つーかこういう服って普通《ふつう》、専門店にしか置いてないもんなんじゃないのか……）

チェーンの量販店《りょうはん》にこういったものが置いてあることにも、軽く驚《おどろ》きつつ。

「確かに格好いいけど、普段着にするにはちょっと目立ちすぎるかなぁ」

やんわりと、この服は選ばない意思を白亜に伝える春輝であった。


例えば、露華。

「春輝クン、次はこれいってみよっか」

「……ちょっと、若者っぽすぎないか？」

彼女が持ってくる服は基本的にセンスを感じるものなのだが、春輝としては自分が着ると少々若作り感が出るような気もしていた。

「何言ってんのさ、実際まだ若者でしょうが。ていうか……この辺りって、むしろ春輝クンくらいの年代がメインターゲットだよ？」

「そう、なの……？」

半信半疑ながらも、とりあえず手渡《てわた》された服を持ってフィッティングルームに。

（……あっ、確かに思ったよか違和感《いわかん》ないな）

実際に着てみると、露華の見立てが正確だったように思えてきた。

「露華ちゃん、どうかな？」

カーテンを開け、露華に確認してもらう。

「うん、バッチリ！」

手カメラを形作って片目で春輝を見た露華は、そう言ってニコッと笑った。

「ぷぷっ……そ、そんじゃあ、後ろも見せてくれる？」

しかし、なぜかそれが吹《ふ》き出すのを堪《こら》えるような表情に。

「？　わかった」

その表情の意味はわからなかったが、春輝は素直に露華へと背中を見せる。

「ぷっ、あははっ！　いいねぇ、似合ってる！　春輝クンにピッタリだよ！」

すると、露華が声を上げて笑い始めた。

「……？」

理由がわからず、春輝はフィッティングルームの鏡に自身の背を映してみる。

すると、そこにはデカデカと『小さい子が好き！』とプリントされていて。

「こんなもん着て白亜ちゃんと歩いてたら通報されるわ!?」

ツッコミを入れてからカーテンを閉め、速攻《そっこう》で脱《ぬ》ぎ捨てる。

露華の選ぶ服は基本的にセンスを感じるもの……なのだが。まぁまぁの割合で、こうしたネタ系が入ってくるのが厄介《やっかい》なところであった。

「ぷふっ……ごめんごめん。次は、ちゃんとしたの持ってくるからさ」

カーテン越《ご》しに、未《いま》だ笑い混じりの声が聞こえてくる。

「女の子としては、出来るだけ格好良くあってほしいからさ……好きな人は、ね？」

そんな言葉を最後に、露華の気配は遠ざかっていった。

こんな風に突然《とつぜん》ドキッとさせてくるのも、困ったところであった。


例えば、伊織。

「春輝さん、これなんていかがでしょうか？」

「おっ、いいねぇ」

彼女に関しては、抜群《ばつぐん》の安定感であった。本人の服装にも表れているが基本的に大人しめのものを好むらしく、春輝としても地味な自分にはそういった服が似合うと思っているので、ちょうど噛《か》み合っている形である。

「ちょっと試着してみるよ」

「はいっ」

笑顔の伊織に断って、フィッティングルームの中へ。

（……うん、いい感じだな）

今までに春輝が選んできたもの程、シンプルすぎるわけでもない。しかし年齢《とし》相応に落ち着いた感じで、自分にも合っているように思える。

「どうかな？」

「はい、よくお似合いですっ！」

カーテンを開けると、伊織は笑みを深めた。

「うん、俺もいいと思う」

春輝も笑みを返す。

「伊織ちゃんとは趣味《しゅみ》が合うみたいだね」

「春輝さんに選んでいただいた服、私も気に入っています」

実際、今日の伊織が着ているのも春輝が選んだ服であった。春輝が選んだというか、露華と白亜が持ってきたもののうちどちらが良いか聞かれて答えただけなのだが。

「考えてみれば、お互《たが》いが選んだ服を着ているっていうのもちょっと不思議ですね」

「確かにね。夫婦や恋人《こいびと》なら、そういう人たちも珍《めずら》しくないのかもしれないけど」

「ふぇっ!?」

何気ない春輝の言葉に、伊織が激烈《げきれつ》に反応した。

「そ、その、夫婦や恋人って、えっと、今の私たちが、みたいな……」

「い、いや、別に深い意味はなくて！　なんとなく思ったことを言っただけだから！」

「で、ですよねっ！　すみません！」

お互いに顔を赤くし、わたわたと無駄《むだ》に手を動かす。

普段は、割と普通に接することが出来るようになってきたのだが……伊織の『愛してます』発言からこっち、時折こんな風に微妙《びみょう》な雰囲気《ふんいき》になることがあるのだった。

といった風に、三人それぞれとやり取りを交わし。

結局春輝は、白亜が選んだものからギリギリ無難そうなものを数点、露華が選んだものからネタ要素がないものを数点、伊織が選んだものから気に入ったものを数点、といった感じでバランス良く三人が選んだものを購入《こうにゅう》することにした。

◆　◆　◆

その、帰り道。

「そしたら、そいつに樅山《もみやま》課長が言ったんだよ。君さぁ、それはぬらりひょんっていうか河童《かっぱ》じゃないの？　ってさ」

「うふふっ、いかにも課長が言いそうですね」

そんな風に和気藹々《わきあいあい》と会話する春輝と伊織の、少し後ろを露華と白亜が歩いていた。

「ロカ姉……今回の件は結局、イオ姉に利するだけの結果になったんじゃ？　ハル兄、イオ姉と一番好みが合うみたいだったし……」

小声で白亜が露華に尋《たず》ねる。

「いいんだよ、別にそれで。最初から、たぶんそうなるだろうなって思ってたし」

「えっ……？」

露華の答えに、白亜は軽く目を見開いた。

「ロカ姉、まさか……」

「おっと、勘違《かんちが》いすんなし？」

白亜が言いたいことを察し、露華はニッと口の端《はし》を上げる。

「別に、お姉に譲《ゆず》ろうだなんて一ミリも思ってないからね」

「だったら、どうして……？」

露華の意図がわからないらしく、白亜は眉根《まゆね》を寄せた。

「春輝クンがウチの選んだ服を着る度にウチを思い出すんだとか、春輝クンを自分好みに改造するんだとか、そういう意図も嘘《うそ》じゃないけど……こないだ言った通り、今んとこ一番リードしてるのは間違いなく桃井さんだからね」

「……イオ姉を当て馬にする、ってこと？」

「んっふっふー、人聞きが悪いねぇ君ぃ。お姉も春輝クンとの距離《きょり》を縮められるし、Win-Winの関係ってやつっしょ」

なんて会話を交わしているうちに、歩くのが遅《おそ》くなっていたようで。

「露華ー、白亜ー、早く来なさーい」

「はいはーい、今行くよー！」

少し先から呼びかけてくる伊織へと、声を張って答える。

「はーるっきクンっ！　お姉とばっかり、イチャイチャしないでよねー！」

駆《か》け足で追いついて勢いよく腕《うで》に抱《だ》きつくと、若干《じやつかん》よろめいたものの春輝はしっかりと受け止めてくれた。そこまでガッチリしているようにも見えない春輝だが、こんな風にしていると男性らしい力強さが感じられて露華の胸は高鳴る。

「うおっと」

「いや、別にイチャイチャしてはないだろ……」

苦笑気味に返してくる春輝。

「わたしの目から見ても、イチャイチャしていた」

「おぉっと」

少し遅《おく》れて白亜が反対側の腕にしがみつき、また春輝は少しよろめく。

「なので、わたしたちともイチャイチャすべき。それが平等というもの」

「はいはい、わかりましたよっと」

そして、微苦笑《びくしょう》を浮《う》かべた。

「こら、二人とも。春輝さんに迷惑《めいわく》かけないのっ」

人差し指を立てて、伊織が苦言を呈《てい》する。

「おやぁ？　お姉、『二人の時間』を邪魔《じゃま》されてご機嫌《きげん》ナナメかなぁ？」

「そ、そんなわけないでしょっ⁉」

即座《そくざ》に否定する伊織だが、声が裏返り気味であった。流石《さすが》に本当に機嫌を悪くしたとまでは思っていないが、そういう部分が全くないわけでもないだろうと露華は睨《にら》んでいる。

「強く否定するところが逆に怪《あや》しい」

白亜も同じなのか、伊織にジト目を向けていた。

「もう、白亜まで……春輝さんの前で、変なこと言わないでっ」

「ハル兄の前じゃなきゃいいの？」

「そ、そういうわけでもないけど……」

白亜を相手に伊織がタジタジとなるという、少し珍しい光景。

「ほら二人とも、あんまりお姉さんを困らせるもんじゃないぞ？」

そこに、春輝が助け舟《ぶね》を出してくる。

「大体、伊織ちゃんが俺なんかとイチャイチャしたいわけないだろ？」

もっとも、言葉の内容はある意味で追撃《ついげき》とも言えるものだったが。

「だろ？　伊織ちゃん」

問いかける春輝へと、伊織は半笑いで「あ、はい……」と頷《うなず》く。

……そんな光景を、露華は予想していた。

「……いえ」

けれど、実際の伊織は首を横に振《ふ》って。

「い、イチャイチャしたいと、思ってましゅよ？」

顔は赤いし若干噛んでいたが、それでも以前の彼女では考えられなかった返しだ。

（お姉……それだけ本気、ってことか）

わかっていたことではあるが、改めてそれを実感した気分であった。

（ま、だからってウチも引く気はないけどね）

以前に言葉にした通り、姉への感謝は持っているが。それとこれとは別の話である。

「えっと、今のは……また、言い間違いかな……？」

「いえ、ち、違いましゅ……！」

なんて会話に、どう割り込んでやろうかと考えていたところで。

ヴヴッ。露華のポケットの中で、スマートフォンが震《ふる》えた。一瞬《いっしゅん》無視しようかとも思ったが、『例の件』なら早く確認したいと思ってスマートフォンを取り出す。

バイブは新着メッセージの通知だったらしく、素早く操作してその内容を確認。

「っ……」

瞬間、自身の顔が少し強張《こわば》ったのを自覚した。

すぐに、それは消し去れたと思うのだが。

「……露華ちゃん？」

春輝が、どこか心配そうに呼びかけてきた。

「何か、悪い連絡《れんらく》でも来たのかい？」

どうやら、先の表情を見られていたらしい。あるいは、露華自身が消し去れたと思っていただけで何かしらの違和感《いわかん》は残っていたのか。

（ったく……普段は鈍《にぶ》いのに、なんでこんなとこばっか鋭《するど》いんだか）

しくじったという思いと共に、嬉《うれ》しさを覚えるのも事実ではあった。

「んふふぅ？　気になるんだぁ？」

両方共を、茶化した笑みで押《お》し隠《かく》す。

「実はねぇ……またまた、男子からのデートのお誘《さそ》いが来ちゃったのでしたぁ！　ウチ、こう見えても結構モテるんだよねぇ？」

「いや、まぁ、それは別に見た目通りだと思うけど……」

「へっ？」

予想外の言葉が返ってきて、思わず貼《は》り付けた笑みが剝《は》がれかけた。

「露華ちゃんみたいに明るくて可愛い子、絶対モテるでしょ」

「あ、ははぁ……！　さ、さっすが春輝クン、よくわかってんじゃん……！」

真顔で言ってくる春輝に、頰《ほお》が熱を持っていくのがわかる。

「ま、そんなわけで引く手数多《あまた》なウチだからさ！　あんまりお誘いが多くて、ちょっとウザいなーって思っちゃったわけよ！」

とにもかくにも、やや早口で誤魔化《ごまか》しの言葉を言い切った。

「そっか、モテるのも大変だね」

苦笑を浮かべる春輝も、どうやら納得してくれた様子である。

「そうなんだよねー。ま、美人税ってやつ？」

したり顔で、ダメ押し。

「ロカ姉のドヤ顔で言われると、なんか腹が立つ……」

「あはは……」

白亜のジト目と伊織の乾《かわ》き気味の笑いで、完全に誤魔化しきれたと言っていいだろう。

「ま、とはいえちゃんと返事してあげないとねー」

内心で安堵《あんど》の息を吐《は》き出しながら、露華はスマートフォンの画面に再び目を落とした。

当然ながら、そこに表示されている文言《もんごん》に変化はない。

『ごっめーん！　しばらくは、高校で出来た友達との予定でいっぱいで！　落ち着いたら、また今度遊ぼ！　誘ってくれてありがとねっ！』

近々どこかに遊びに行こうと、中学時代の友人に送ったメッセージへの返答であった。

『だよねー！　じゃっ、また今度！　お互《たが》い、高校生活も楽しんでいこっ！』

慣れた手付きでメッセージを入力し、送信。

「ところで白亜ちゃん、さっきの店にあった『キスマホ』コラボのシャツさ。ホントに買わなくて良かったの？　ちょっと欲しそうにしてたと思うんだけど」

「いい……そういうグッズにまで手を出すと、キリがなくなってくるから」

「というか、春輝さん……あまり白亜を甘やかさないでいただけると……」

そっと視線を上げると、少し前を歩く三人が露華に気を向けている様子はない。
それを確認してから、露華は小さく小さく溜《た》め息《いき》を吐き出した。
（ま、そりゃそうだ……普通《ふつう》はこの時期、新しい友達の方優先になるよね……）
わかっていることではあったので、友人を責める気は微塵《みじん》もない。
けれど、落胆《らくたん》する気持ちが湧《わ》き上がってくるのは事実である。
（ウチは今んとこ、ちょーっと高校生活を楽しめそうにはないかなぁ……）
自分で送ったメッセージが、何とも皮肉に感じるのであった。

第3章　当選と誤魔化《ごまか》しとファンと衝撃《しょうげき》の事実と

それもまた、とある休日の一コマ。

『～♪』

「はいっ」

春輝《はるき》のスマートフォンから音楽が流れ始めた途端《とたん》に白亜《はくあ》が手を上げたのを受けて、春輝は一時停止アイコンをタップする。

「早いね……これは結構、難易度高いと思うんだけど？」

「ふっ……この程度で高難易度とは、ハル兄はわたしを舐《な》めている」

挑発《ちょうはつ》的な春輝の物言いに対して、白亜はニッと自信ありげな笑みを浮《う》かべた。

「この特徴《とくちょう》的な一小節目……『かっぱらえ河童《かっぱ》！』で間違《まちが》いない」

「おっ、正解。凄《すご》いな、ホントに難しいと思ったのに。ただでさえアルバムにしか収録されてない上に、『九時の球児』とちょっと似てるだろ？」

「確かに似てはいるけど、明確に違う。コエダーであれば聞き分けられて当然」

「ほう、言うじゃないか」

「今度はわたしの知識を総動員して、ハル兄にはわからないだろう問題を出す」

「受けて立とう」

なんて、二人で不敵な応酬《おうしゅう》を繰《く》り広げていたところ。

「……二人で、何してんの？」

リビングの前を通りかかったらしい露華《ろか》が、胡乱《うろん》げな目を向けてきた。

「イントロクイズだよ」

「ただし、小枝《こえだ》ちゃんの曲限定」

春輝、白亜の順で説明する。

「それ、二人だけでやって面白《おもしろ》いわけ……？　ていうか小枝ちゃんの曲限定って、縛《しば》りがキツすぎてクイズにならなくない……？」

「そんなことはない」

リビングの扉《とびら》に背を預けて疑問を重ねる露華に向け、白亜がグイッと身を乗り出した。

「今の声優はアニメとのタイアップが多いから、曲数も多くなりがち。キャラソンまで含《ふく》めればかなりの数だし、アルバムにしか収録されてない曲もあるしで、マニアックな曲も出てくる。その中で如何《いか》に短い時間で該当《がいとう》する曲を言い当てるかはコエダーレベルがダイレクトに問われるところであり、当然選曲側としても……」

「あーはいはい、わかったわかった。とにかく、楽しいってことね？」

早口で言い募《つの》る白亜に対して、露華は辟易《へきえき》とした表情で手を振《ふ》る。

「むぅ……ロカ姉、本当にわかった？」

姉に向ける白亜の目は、かなり懐疑《かいぎ》的なものであった。

「わかったっての……ちゅーか、それよりアンタさ。今日、お姉と一緒《いっしょ》に外の掃除《そうじ》するって話じゃなかった？　お姉、もう始めちゃってるよ？」

「っ⁉」

しかし、続いた露華の言葉にハッとした様子で時計を見る。

「しまった、もうそんな時間……⁉　イオ姉に怒《おこ》られる……！」

顔に焦《あせ》りを浮かべながら立ち上がる白亜。どうやら伊織《いおり》は『怒ると怖《こわ》い』らしく、しばしばこうして妹たちから恐《おそ》れられている様が見て取れるのだった。

春輝からするとあまりピンと来ないところだ……と思いかけたが、時折感じられる謎《なぞ》の『圧』を思い出せば納得出来るような気もしてくる。

「それじゃ、ハル兄……小枝ちゃん限定イントロクイズ、またやろうね」

「あぁ、いつでも受けて立つよ」

「うんっ」

最後に嬉《うれ》しそうに頷《うなず》いてから、白亜はリビングを出ていった。

「……やーっぱり、春輝クンって白亜には特別甘いよねー？」

白亜と入れ替《か》わる形でリビングに入ってきながら、露華が懐疑的な目を向けてくる。

「いや、そんなことはない……よ？」

語尾《ごび》が微妙《びみょう》な感じになったのは、実のところ春輝にも若干《じゃっかん》の自覚があるためであった。

姉二人と比較して幼さの目立つ彼女に対しては、どうしても甘くなってしまいがちなのである。共通の趣味《しゅみ》を持っている、というのも大きいだろう。

「えー？　ホントかなー？」

「ホントだってーの」

露華の追及《ついきゅう》も、春輝のそんな内心を察してのじゃれ合いであるように思えた。

「んー……」

そこでふと顎《あご》に指を当て、露華が春輝の隣《となり》に座ってスマートフォンを指す。

「白亜ばっかじゃズルいしさ、ウチにも教えてよ。その、小枝ちゃんの曲っていうの」

「ズルいって……」

その言い方に、思わず苦笑が漏《も》れた。

「ま、もちろん教えるのは吝《やぶさ》かじゃないけどさ」

小枝ちゃん好きが増えるのであれば、それは喜ばしいことである。

「春輝クンのオススメは？　あっ、地下アイドル時代のやつは聴《き》いたからそれ以外でね」

「……聴いてくれたんだ？」

予想外の言葉に、春輝は目を瞬《またた》かせた。

「聴いて『くれた』って、春輝クンどの立場なのさ」

くれた、の部分を強調して露華が笑う。

「いや、やっぱ自分の好きなものが広がるのは嬉《うれ》しいだろ？」

「それはまぁ、わからんでもないけどね」

「にしても伊織ちゃんも聴いてくれたみたいだし、白亜ちゃんの布教力は凄いな……」

「別に、白亜から布教されたからってわけじゃないよ？」

「んんっ……？　そうなの……？」

ならばどういうことなのかと、春輝は首を捻《ひね》った。

「ウチも……たぶんお姉も、さ」

そこに答えがあるとばかりに、露華がジッと春輝の目を見つめてくる。

「春輝クンの好きなものが知りたかったから、だよ」

囁《ささや》くような声量で、けれどハッキリと紡《つむ》がれた言葉。

「そうなんだ？　俺経由で小枝ちゃんに興味を持ってくれたっていうなら、光栄だよ」

「…………はぁ」

文字通りに受け取った春輝が笑みを浮かべると、露華は深い深い溜め息を吐《つ》いた。

「えっ……？　なんか俺、言っちゃいけないこと言っちゃった感じ……？」

露骨に落胆《らくたん》した様子の露華に、若干の焦りと共に尋《たず》ねる。

「……いや、いいよ。春輝クンがそうなのは、とっくにわかってたことだし」

何かを諦《あきら》めたような表情で、露華は力なく手を振った。

「それよりオススメ、教えてよっ」

それから、気を取り直した様子で春輝の手を引く。

「んー、そうは言っても色々あるからなー……そうだな、普段《ふだん》はどんな曲聴《き》いてるの？」

「基本は、アガる感じのアップテンポな曲かな？」

「それじゃ、この辺りかな？」

「ふむふむ」

グループを作りリストから曲を追加していく春輝に、露華は興味深そうに頷いていた。

（こういうの……なんか、新鮮《しんせん》だな）

そんな中で、ふとそう思う。

中学以降ずっとオタクであることを隠《かく》してきた春輝には、誰《だれ》かとオタクトークをしたという経験が乏《とぼ》しい。『同志』である白亜との語らいも楽しいが、こうして自分の好きなものを『布教』するのもこれはこれで楽しいものに思えた。

「とりあえずこんなもんで、一旦《いったん》聴いてみるかい？」

「そだねー」

「んじゃ……」

「あっ、ちょっと待って」

再生アイコンをタップしようとした春輝を、露華が手で制する。

どうかしたのかと思えば、露華はポケットから自身のスマートフォンを取り出した。そこに接続されていたイヤホンを抜《ぬ》き、春輝のスマートフォンのイヤホンジャックに挿《さ》す。

「こっちの方が聴きやすいっしょ」

イヤホンの片方を耳に装着しながら、露華はニッと笑った。

「ほい、春輝クンはこっち」

次いで、もう片方を春輝に向けて差し出してくる。

「えっ……？」

どういうことかと、春輝は首を捻った。

「ん……？」

そんな春輝の反応に、露華も首を傾《かたむ》ける。

「ウチだけ聴いてたら、その間春輝クンが暇《ひま》じゃん？」

「……まぁ、確かに？」

音源として利用しているためにスマホを弄《いじ》るわけにもいかず、手持ち無沙汰《ぶさた》にはなるだろう。別段春輝としてはその程度構わないと思っていたし、イヤホン片方だけでは聴こえ方が違ってしまうのではなかろうかという心配もあるのだが。

「だから、はい」

春輝が受け取ると信じて疑っていないような顔を見ると、どうにも断りづらかった。

こういうところは、姉と似ているのかもしれない。

「ん、ありがとう」

結局、素直に受け取ることにした。受け取ったイヤホンを耳に装着……しようとすると、必然的に露華との距離《きょり》を縮めることになって。

（ていうかこれ、恋愛《れんあい》系の漫画《まんが》とかでたまに見るやつだよな……）

自分とは縁遠《えんどお》いシチュエーションだと思っていたため、今更《いまさら》気付く春輝であった。

（漫画だと、カップルとか両想《おも》いの二人がやるやつだけど……）

チラリと、露華の顔を窺《うかが》い見る。

「ん？　どったの？」

そこに浮かぶのは、ケロッとした特に思うところもなさそうな表情だった。

（変に気にしすぎだ。『家族』なんだし、これくらいは当たり前……だよ、な）

そう自分に言い聞かせる。

「いや、なんでもないよ」

そして、平静を装って再生アイコンをタップした。

イヤホンから、春輝にとっては聴き慣れたイントロが流れ始める。

「おー、いい感じにアガれそうな曲じゃーん」

「だろ？」

時折そんな会話を交わしながら、曲に耳を傾ける二人。

イヤホンを装着していない方の耳には、雑音や遠くの喧騒《けんそう》、伊織と白亜の話し声などが僅《わず》かに届くのみ。アップテンポの曲を聴いているはずなのに、妙に静かにも感じる。

（休日に、誰かと好きな音楽を聴く……か）

これもまた、ついこの間までは自身に訪れるなど想像もしていなかった時間と言えた。

「……ねっ、春輝クン」

静かな声で呼びかけながら、露華が春輝の胸の辺りへと体重を預けてくる。

その柔《やわ》らかな感触《かんしょく》に、鼻に届く柑橘《かんきつ》系の香《かお》り──制汗剤《せいかんざい》だろうか──に……至近距離で見上げてくる、瞳《ひとみ》に。春輝の心臓は、大きく跳《は》ねた。

（って、だから変に意識すんなっての……こんなの、『家族』のスキンシップ……）

今度も、そう自分に言い聞かせようとした春輝であったが。

「こうしてると、なんだかドキドキするね」

「えっ……？」

当の露華がそう言ってはにかむものだから、どう受け止めれば良いのかわからなくなる。

密着した部分から感じられるやけに速い鼓動《こどう》は、春輝のものなのか露華のものなのか。

「春輝クンは、ドキドキしない？　ウチ、相手だとさ」

「いや、その……俺は……」

何と返すのが正解なのか読めず、答えに窮《きゅう》する。

「…………」

「…………」

結果、二人無言で見つめ合う時間が生まれた。

ちょうどそこでイヤホンから聴こえていた曲も終わり、妙な静寂《せいじゃく》が場を支配する。

このまま、永久に見つめ合い続けることになるのではなかろうか。

頭の中に、そんな馬鹿《ばか》げた考えが浮かんだ時のことである。

バタバタバタバタッ！

静寂を切り裂《さ》く慌《あわ》ただしい足音が、リビングに近づいてきたのは。

そして。

「ハル兄ハル兄！　聞いて！」

『っ⁉』

叫《さけ》び声と共に勢いよく扉《とびら》が開いて、春輝と露華は二人してビクッと身体《からだ》を浮かせた。

「大ニュース……！　が……」

当初驚《おどろ》きに染まった顔でリビングへと飛び込んできた白亜だったが、抱《だ》き合うような体勢の二人を見て徐々《じょじょ》にジト目となっていく。

「ロカ姉……今度こそ、協定違反《いはん》じゃ？」

「い、いやほら、アレよ！　これは春輝クンに、オススメの小枝ちゃんソングを教えてもらってただけだから！　ねっ、春輝クンっ？」

「あぁうん、その通り。やましいことは何もないぞ」

やはり『協定違反』というのが何のことかはわからなかったが、いずれにせよ露華との関係を誤解されるのはマズかろうと春輝は露華の言葉に何度も頷いた。

「オススメの小枝ちゃんソングを教えるだけで、なぜそんな体勢に……？」

「そ、それより白亜ちゃん！　大ニュースだって言ってたけど、どうしたんだいっ？」

未《いま》だ全力で懐疑《かいぎ》的な目だった白亜だったが、春輝の言葉にハッとした表情となる。

「そう……！　ハル兄、これ見て！」

と、白亜が差し出してきたのは一通の封筒《ふうとう》であった。

その時点では、「なんか綺麗《きれい》な封筒だな」くらいしか感想を抱《いだ》けなかった春輝だったが。

「ほら……！」

「…………えっ!?」

取り出された中身をしげしげと眺《なが》めているうちに、目を見開く。

「なになに？　どったの？」

言葉にならない驚きに包まれている二人の手元を、露華が覗《のぞ》き込んだ。

「ライブのチケット……？　あっ、小枝ちゃんの？」

何気ない口調でチケットに書かれた情報を読み上げる露華。

「そう！　しかも、プレミアムライブの！」

「これ、めちゃくちゃ抽選《ちゆうせん》倍率高いんだよ！」

「お、おぅ……そうなんだ……」

興奮して捲《まく》し立てる白亜と春輝に、ちょっと引いた様子であった。

「申し込んでから毎日祈禱《きとう》を捧《ささ》げた甲斐《かい》があった……！」

ドヤァ……！　白亜の顔が輝《かがや》くが、実際これはドヤ顔が許される案件だと春輝も思う。

「しかも四人分申し込んで、全部当選してるという神引き……！」

「そりゃ確かに神だね！」

白亜と春輝、二人で何度も頷き合う。

「もう、白亜ー？　お掃除《そうじ》、まだ終わってないんだからねー」

とそこで、伊織もリビングへと顔を覗かせた。

「届いた封筒を開けた途端《とたん》に駆《か》け出しちゃって、一体何が……」

途中《とちゆう》で言葉を止めてパチクリと目を瞬《またた》かせたのは、春輝と白亜がジッと伊織の顔を見つめていることに気付いたからだろう。

「白亜ちゃん……四人分、ってことは？」

「もちろん、イオ姉の分も含《ふく》まれてる」

一度、春輝と白亜は顔を見合わせて。

「伊織ちゃんっ！」

「イオ姉っ！」

伊織に向けて、同時に手を差し出した。

「え？　え？」

その意味もわかっていないだろう伊織は、当然困惑《こんわく》顔である。

「俺と一緒《いっしょ》に、行こう！　君と行きたいんだ！」

しかし春輝が、（小枝ちゃんに対する）情熱を迸《ほとばし》らせた誘《さそ》いを送ると。

「は、はひっ！　よろしくお願いしましゅ！」

内容もわかっていないだろうに、顔を赤くしてその手を取ったのだった。

◆　◆　◆

そうして迎《むか》えた、ライブ当日。

「いやぁ、久々だなぁ小枝ちゃんのライブなんて」

既《すで》に会場入りした春輝は、年甲斐もなくワクワクした表情を浮《う》かべていた。

「でも白亜、本当に私まで来てよかったの……？　その……私、たぶんまだファンって呼べるような存在じゃないと思うんだけど……」

その隣《となり》、伊織は少し申し訳なさそうな顔で白亜に尋《たず》ねる。

「イオ姉たちにも来てほしいから四人分申し込んだんだし、ファンじゃなきゃ来ちゃいけないなんてこともない。むしろこのライブを通じてファンになってくれると嬉《うれ》しい」

「そっか……うん、ありがとうね白亜。私、葛巻《くずまき》小枝さんのこともっと知りたいと思ってたから。誘ってくれて、嬉しいよ」

伊織の表情が、白亜の言葉で笑顔に変わった。

「ウチ、ライブって初めてだからアガるわー。あっ、ねぇねぇ白亜、ウチのスマホで写真撮《と》ってよ写真。ウチの初ライブ記念ってことでさ」

「流石《さすが》にロカ姉はもう少し謙虚《けんきょ》にすべき」

はしゃいだ声を上げる露華には、ジト目を向ける白亜。

そんな白亜へと、露華がそっと顔を寄せた。

「しかし考えたね白亜。確かに、趣味《しゅみ》を攻《せ》めるってのはいい線だわ。楽しい思い出の共有にもなるしね。上がったテンションで、ワンチャン吊《つ》り橋効果的なのも狙《ねら》えるかもだし」

「当然、わたしの考えに穴はない」

珍《めずら》しく露華から褒《ほ》められたからか、ムフーと白亜はご満悦《まんえつ》の表情である。

「ま、普通《ふつう》にライブに行きたくて応募《おうぼ》してたのがたまたま良い感じに働きそうなだけだろう……って点には、目を瞑《つぶ》っといてあげるよ」

しかし、露華の言葉にそのドヤ顔が固まる。図星だったのか、反論はなかった。

と、そのタイミングで軽快な音楽が流れ始める。

《みーんなぁ！　今日は、来てくれてありがとう！》

直後に、スピーカー越《ご》しに聞こえてくる可愛らしい声。

『小枝ちゃぁぁぁぁぁぁぁぁぁぁん！』

観客のボルテージが一気に上がり、叫びが会場を震《ふる》わせる。その中には春輝と、コロッと表情を変えキラキラと目を輝かせる白亜のものも混じっていた。

「ラ、ライブって、最初からこんな盛り上がるんだね……」

「ちょっと、ウチらとじゃ温度差がある感じだね……」

なんて、少し肩身《かたみ》が狭《せま》そうに苦笑を浮かべていた伊織と露華だったが――

数時間の後、ライブが終わる頃《ころ》には。

「小枝さん、歌だけじゃなくてダンスもあんなに踊《おど》れるんだね！」

「場の盛り上げも上手《うま》くって、ノせられちゃったよねー！」

二人も頰《ほお》を上気させて、テンション高くライブを振《ふ》り返っていた。

「……む」

「いやぁ、いいライブだったなぁ」

もちろん春輝の顔も非常に満足げなものである。

「うん、今回も小枝ちゃんは最高だった」

白亜も、珍しく満面の笑みがキープされていた。

「イオ姉とロカ姉も、またライブに……あたっ」

会話に気を取られて前方不注意となってい白亜が、前を行く人の背中に顔をぶつける。

「す、すみません……」

白亜は謝罪を口にするが、前の人はぶつかられたことにも気付いていない様子。

トラブルに発展するようなこともなく、それは良かったのだが。

「あっ、サイリウム……」

「俺が取ってくるよ。白亜ちゃん、周りにちゃんと気をつけてな」

ぶつかった拍子《ひょうし》に手放してしまったサイリウムを追いかけようとする白亜を、押し止《とど》める。人の波の中、小柄《こがら》な白亜が下手《へた》に屈《かが》んだりすると蹴飛《けと》ばされかねなかった。

「ん、ありがとうハル兄……」

白亜の礼を背に、人にぶつからないよう気をつけながらサイリウムの行方《ゆくえ》を追う。転がっていった先、サイリウムは女性の靴《くつ》に当たって止まった。女性が、サイリウムを拾う。

「はい、どうぞ」

そして、春輝に向けて差し出してくれた。

「どうも、ありがとうございます」

軽く笑みを浮かべてそれを受け取る春輝。

……だったが、ふいにその表情が固まった。

「えっ……?」

「あれ……?」

春輝の疑問の声と、女性の意外そうな声が重なる。

二人に共通するのは、その顔に驚きの色が混じっているという点である。

なぜならば。

「桃井《ももい》……!?」

「先輩《せんぱい》……」

お互《たが》いに、見知った顔だったためである。

◆　◆　◆

その場で立ち止まっていては邪魔《じゃま》になるので、差し当たり会場の外に場を移した一同。

「こんなところで奇遇《きぐう》ですね、先輩」

「あ、あぁ、そうだな……」

貫奈《かんな》と話す春輝の目は、かなり泳ぎ気味であった。

（なんで桃井がここに……⁉　いや、それよりなんて言い訳すべきか……たまたまチケットが当たって……は、流石に無理があるな……白亜ちゃんに付き合って……うーん、なんかこれだと白亜ちゃんを生贄《いけにえ》にしてるような感じが……）

心中で、悶々《もんもん》と悩《なや》んでいたためである。

「ふふっ」

そんな春輝を見て、なぜか貫奈は小さく笑った。

「私、小枝ちゃんのファンなんですよ」

「そうなのか……？」

「ホントですかっ……⁉」

貫奈の言葉に春輝は驚《おどろ》きの声を出し、白亜が食いつく。

「あの、じゃあ、好きな曲は？」

「『君に藁《わら》人形をあげる』かな。ポップな曲調にサイコな歌詞が妙《みょう》にマッチしてて、聞いているうちになんだかトリップしてるような気分になって」

「わかる……！　小枝ちゃんの声がまた、可愛いのになんだか仄《ほの》かに狂気《きょうき》を感じさせる響《ひび》きでグッド……！　あれは、小枝ちゃんの新境地を切り開いた曲だと思う……！　でもわたしは、普通に『私をおウチに泊《と》めて』とかの可愛い系も好き……！」

「うん、それもわかる。やっぱり、それがあってこその変化球よね」

何やら、二人は意気投合している様子であった。

白亜は目を輝かせており、貫奈も楽しげに語っている。

(桃井の思わぬ一面だな……)

そんな貫奈の姿は、春輝の目に新鮮《しんせん》に映った。

(桃井になら……話してもいい、のか？)

ゴクリと喉《のど》を鳴らす春輝。

「あ、あのな、桃井」

緊張《きんちょう》を孕《はら》んだ口調で、切り出す。

「実は、俺も小枝ちゃんのファンで……」

一拍挟《いっぱくはさ》む間に、覚悟《かくご》を決めた。

「他にも、アニメとか漫画《まんが》とかラノベ好きだし……俺、結構オタクなんだよなっ」

極力何気ない調子を装ってはいたが、意を決してのカミングアウトであった。

……の、だが。

「あ、はい。知ってますけど」

貫奈のリアクションは、至極《しごく》軽いものであった。

「…………は？」

春輝は、ポカンと口を開ける。

「先輩、高校時代から漫画やライトノベルを学校に持ち込んだりしてましたしね。あれ、結構周りは気付いてましたよ？　あと、鼻歌でアニソン漏《も》れ出てましたし」

「…………マ？」

衝撃《しょうげき》の事実に、一文字発するのがようやくだった。

「先輩は隠《かく》したがっているご様子だったので、一応気付かないフリはしていましたが」

貫奈は、苦笑気味に語る。

「…………そうだったのか」

まともな言葉を喋《しゃべ》れるようになっても、春輝の顔は魂《たましい》が抜《ぬ》けたような感じであった。

「まぁ実際、春輝クンが気にしすぎって感じはあるよねー。今どき珍しい趣味でもなし」

「あ、はは……」

露華のコメントに、伊織も苦笑を浮かべる。

時代に向けられた嘲笑《ちょうしょう》が未《いま》だ傷として残っているだけで。

けれど。

「……そう、なのかもな」

春輝とて、オタク趣味が必ず迫害《はくがい》される存在であるなどとは思っていない。ただ、中学

(積極的に話すことはなくても、頑《かたく》なに隠す必要もないのかもな)

ここしばらくの出来事から、そんな風に考えるようになっていた。

「にしても、桃井が声優ファンだとは思わなかったよ。昔っから読書家ではあったけど、こっち系じゃなかっただろ？　アニメとか観てる様子もなかったし」

「……先輩の影響《えいきょう》ですよ」

一瞬《いっしゅん》逡巡《しゅんじゅん》した様子を見せた後、貫奈はそう言ってはにかむ。

「俺が触《ふ》れてるのを見て興味を持った、ってことか？」

「と、いうよりも」

貫奈の笑みが、深まった。

「先輩が好きなものについて知りたかった、という感じですね」

「えっ……？」

思わぬ言葉に、春輝はパチクリと目を瞬《またた》かせる。

「いつか先輩と、趣味について語れればと思いまして。まさか、そこまでに十年もかかるとは当時は思っていませんでしたが」

愛《いと》おしげなその笑顔が、春輝の鼓動《こどう》をドクンと高鳴らせた。

「小枝ちゃんに辿《たど》り着いたのだって、元は先輩の鼻歌からですしね。いやぁ、あれには結構苦労しました。そもそもメロディだけから辿るのが難しい上に、超《ちょう》マイナーな地下アイドルグループでしたから。その上で、そのメロディを担当しているのが小枝ちゃんだと特定して。今では、普通にファンになりましたが」

「何がお前をそこまで駆《か》り立てたっていうんだ……」

「ふふっ、何だと思います？」

「……何だよ？」

「わかりませんか？」

ジッと貫奈に見つめられて、春輝の心臓は更《さら》に大きく跳《は》ねる。

正直に言えば、春輝も察してはいた。彼女は、そこまでして春輝の趣味を理解してくれようとしていたのだろう。『告白』の件から考えても、自意識過剰《かじょう》ということもあるまい。

ただ、この場で……『家族』の前で、自身の色恋沙汰《いろこいざた》を表に出すのも憚《はばか》られて。

「と、ところで、もしかして会社の連中にも俺の趣味《しゅみ》ってバレてんの？　会社でも、無意識に鼻歌を歌ってたらしいけど……」

咄嗟《とっさ》に出た誤魔化《ごまか》しの話題であったが、これはこれで普通《ふつう》に気になることでもあった。

「あれ、無意識だったんですか……？　まぁ、大丈夫《だいじょうぶ》だとは思いますよ。普通にアイドルソングって感じですし。アイドル好きだと思われている可能性はあるかもですが」

長い付き合いだ。貫奈が春輝の意図を察して乗ってくれたこともわかったが。

「別に、それくらいならいっか……」

今は、ありがたくそれに甘えることにした。

◆　◆　◆

春輝と貫奈が雑談を交わす傍《かたわ》ら。

（桃井さん、そんなにまでして春輝さんの趣味を理解しようとしてたんだ……）

伊織は、胸の前でギュッと拳《こぶし》を握《にぎ》った。

伊織とて、春輝の趣味を理解しようとはしているつもりである。けれど、貫奈程の情熱を注いでいるかと言われれば首を横に振《ふ》らざるをえない。今日のライブだって、春輝と白亜が誘《さそ》ってくれたから来ただけだ。

（それに……十年も想《おも》い続けて……）

自分の抱《いだ》く感情が恋心であると明確に気付いたのは、いつのことだったろうか。少なくとも、一年は経過していない。出会った当時は、ただの同僚《どうりょう》だと思っていたから。

(凄《すご》い、なぁ……)

ズキンと痛む胸を、手の平で押さえる。

「いやぁ、十年も想い続けてるとはねぇ。その一途《いちず》さには流石《さすが》に脱帽《だつぼう》だよね」

「相手の趣味を理解しようとして、ここまで踏《ふ》み込んでくるっていうのも凄い」

露華と白亜も伊織と似たような感想を抱いたらしく、小声で感嘆《かんたん》を口にしていた。

ただ、二人が伊織と違《ちが》ったのは。

「ま、だからって負けてあげるつもりはないけどね」

「愛の強さは、時間と比例しない」

その瞳《ひとみ》に対抗《たいこう》心が燃えてはいても、後ろ向きな感情は少しも感じられないという点だ。

(……そう、だよね)

そんな妹たちに、大切なことを教えてもらったような気分で。

「うん……負けないようにしないと、だよね……！」

再び拳を握る伊織の目にも、今度は前向きな光が宿っていた。

「ふふっ……お姉もやる気満々みたいだけど、ウチも……」

そんな伊織に、挑発的《ちょうはつ》な笑みを向ける露華。

「……げっ」

その顔が、どこか気まずげな調子で固まった。

「……？」

疑問に思って、伊織は彼女の視線の先を追う。

「今日のライブ、神ってたねー！」

「チケット当たって良かったー！」

そこにいたのは、伊織と同年代くらいであろう二人の少女だった。興奮した様子ではあるがそれは周囲の客の多くにも見られる傾向《けいこう》であり、特別変わったところがあるようにも見えない……と、判断しかけて。

（あれ……？）

ふと、伊織は引っかかりを覚えた。

（どこかで、見たことがあるような……？）

思い出すのには少し時間がかかったが、徐々に記憶《きおく》が蘇《よみがえ》ってくる。

（あっ、そうだ！　たぶん、露華のクラスメイトの子たち！）

何度か露華の教室を覗《のぞ》いた際に、見かけた覚えがあった。

「あっ、てか、皆《みな》さんさ！　こんなとこで立ち話もなんだし、場所移さないっ？　ほら、喫茶店《きっさ》とか！　ライブについて語ったりするなら、そっちの方がいいっしょ？」

伊織が記憶を掘《ほ》り返していた傍ら、露華が春輝たちにそう提案する。

「まぁ、確かにな」

「それもそうですね」

「ロカ姉の言うことにしては、一理ある」

春輝、貫奈、白亜の順で頷《うなず》いた。

「伊織ちゃんも、それでいいかな？」

「えっ……？　あっはい、大丈夫ですっ」

件《くだん》の少女たちの方に目を向けていた伊織は、春輝に話を振られて慌《あわ》てて頷いた。

「それじゃ、行こう」

春輝が先頭に立って、一同移動を開始する。

「ねぇ露華、良かったの？」

そんな中、伊織はスッと露華に歩み寄って小声で尋《たず》ねた。

「ん？　何が？」

何のことかわからない、といった表情で露華は首を捻《ひね》る。

「さっきの子たち、クラスメイトでしょ？　挨拶《あいさつ》とか、しとかないの？」

「っ……」

しかし伊織が先の少女たちに言及《げんきゅう》すると、再びその顔が強張《こわば》った。

「いやほら、思わぬところで知り合いに会ったら、なんか気まずかったりするじゃん？」

「うん、まぁ……」

伊織にもそういった経験はあるが。

（露華って、そういうタイプだったたっけ……？）

むしろ、良い意味で空気を読まずに突撃《とつげき》するイメージである。

（とはいえ、向こうの子たちがそういうタイプかもしれないし……それに、自分がこういうイベントに興味あるって知られたくないっていうのもあるのかな……？）

そういう風に、納得することも出来たろう。

「おっとぅ？　それよりほらお姉！　桃井さんが、すかさず春輝クンの隣《となり》をキープしようとしてるよ！　ウチらも行かなきゃ！　ハリーハリー！」

「あ、うん……」

けれど、どうにも露華が何かを誤魔化しているような気配が感じられる気がして。

この件は、伊織の心に引っかかりとして残ることとなった。

第4章　憂慮《ゆうりょ》と三者面談とデートと十年の想《おも》いと

ここ最近、オフィス内にどこか浮《うわ》ついた空気が漂《ただよ》っている。

春輝《はるき》は、なんとなくそんな気がしていた。

例えばそれは、とある平日。昼休みも半ばを過ぎた頃《ころ》のことである。

「人見《ひとみ》さん、食後にコーヒーいかがですか？」

「ん……ありがとう小桜《こざくら》さん、いただくよ」

春輝は礼を言って、伊織《いおり》の運んできてくれたカップを受け取った。

「砂糖はなし、ミルクのみでしたよね？」

「あぁ、うん。よく覚えてるね」

「ふふっ、人見さんのことですから」

伊織は冗談《じょうだん》めかした調子で言いながらミルクポーションを一つ置いて、離《はな》れていく。他の社員にも同様の質問を投げているが、どうやら一番先に春輝へと声をかけたようだ。

「先輩《せんぱい》。これ、お土産《みやげ》にいただいたんですけど一つ貰《もら》ってくれませんか？」

伊織と入れ替《か》わるタイミングで、今度は貫奈《かんな》が話しかけてきた。手には、カレールウのようなものが描《えが》かれた箱を持っている。そのパッケージを見て、春輝は眉《まゆ》を顰《ひそ》めた。

「……チョコカレー？　それはカレー味のチョコなのか？　それとも、チョコが入ったカレールウなのか？　カレールウっぽいパッケージなだけの普通のチョコなのか？」

「さぁ？」

「なんでお前も知らないんだよ」

「やはり、一番手の名誉《めいよ》は先輩にお譲《ゆず》りすべきかと思いまして」

「そういうのは毒見っていうんだ」

ここ最近、オフィス内にどこか浮ついた空気が漂っている。

そして。

「桃井《ももい》さん、なんか表情が柔《やわ》らかくなった？　冗談なんかもよく言うようになったし」

「より自然体で人見に接してるように見えるな」

「それを言うなら、小桜さんもじゃない？」

「今のやり取りとか、新婚《しんこん》さん的な雰囲気《ふんいき》あったよな」

「小桜派も桃井派も捗《はかど》るなぁ……」

恐《おそ》らくその中心は、他ならぬ春輝であるようだった。

（中高生じゃねぇんだからさ……）

外野の声に、春輝は呆《あき》れ気味の感想を抱《いだ》く。

（大体、俺に浮ついた話なんて……）

と、考えかけて。

――異性として、好きです
蘇《よみがえ》ってくるのは、貫奈の言葉で。

（少なくとも、桃井は……）

なんとなく気まずい気持ちとなり、貫奈から少しだけ目を逸《そ》らす。

「先輩？　どうかされましたか？」

そんな春輝を訝《いぶか》しんでか、貫奈が首を傾《かたむ》けた。

「……いや、お前が持ってきた物体の味を想像してたんだよ」

再び彼女の手にある箱へと目を戻《もど》し、そう誤魔化《ごまか》しておく。

「想像した結果、どう考えても地雷《じらい》だからいらん。せめて自分で確かめてからこい」

「そうですか、残念です」

特に残念そうでもない表情で、貫奈がカレールウ的サムシングを引っ込めた。

「では、代わりに……今度の休日、一緒《いっしょ》に遊びに出掛《でか》けませんか？」

「何がどう代わりなんだよ」

冗談だと思い、春輝は笑って返す。

「おぉ、デートのお誘《さそ》いだ……！」

「桃井がついにデートに誘ったぞ……！」

「桃井派としては、感無量だな……」

しかし、外野がザワッとしだして。

（……えっ？　俺、今、デートに誘われたの？）

そこでようやく、春輝もその認識を持った。

（確かに、デート……なの、か……？）

自分に対して好意を持っている女性から、遊びに誘われる。なるほど、それは世間一般《いっぱん》的に『デート』と呼ばれるものなのだろう。流石《さすが》の春輝でも、客観的な立場だったら「いやそれはデートだろ」とツッコミを入れるところである。

「まぁいいじゃないですか。最近は先輩も普通《ふつう》にお休み取れてるんですし、一日くらい」

「あー……うーん……」

何と答えてよいものやらわからず、春輝は口をもにょもにょとさせる。

「ダメ……ですか？」

けれど、貫奈が悲しげに眉根を寄せるものだから。

「いや、大丈夫《だいじょうぶ》！　行こうか！」

半ば反射的に、そう答えてしまった。

（アレだ……デート、とか言うからなんか変な感じになるんだ）

頭の中で、自分への言い訳なのか何なのかよくわからないことを考える。

（考えてみれば桃井と遊びに行くくらい、今までに何度もあったことじゃないか……まぁ、社会人になってからは初めてな気もするけど……）

ついでに言えば、二人きりで出掛けたという事例もあまり多くはない。

「ありがとうございます、楽しみです」

先の表情から一変、貫奈の顔に笑《さ》みが咲く。

「そんじゃ、いつにする？」

妙《みょう》に気恥《きは》ずかしくて、少し早口になりながら尋《たず》ねた。

「そうですね、次の日曜なんてどうでしょう？」

その提案を受けて、春輝は頭の中で自身のスケジュールを確認する。以前であれば休日に予定が入っていることなど稀《まれ》だったが──というかそもそも休日自体が稀だったのだが──今では伊織たちと何かしらの約束を交わしていることも珍《めずら》しくないからだ。

（……うん、特に何もなかったはずだな）

三人の顔を順に思い浮《う》かべるも、該当《がいとう》の日に何かの約束をした記憶《きおく》はなかった。

「あぁ、大丈夫だ」

頷《うなず》いて、問題ない旨《むね》を示す。

「つーか、どこに行くんだ？」

そして、若干今更《じやっかんいまさら》ながらに問いかけた。

「それは、これから決めようかと」

「ん……？　どっか行きたいとこがあって、付き合ってほしいってことじゃないのか？」

てっきりそう思っていた春輝は、頭の上に疑問符《ぎもんふ》を浮かべる。

「違《ちが》いますよ」

そんな春輝に、貫奈はクスリと笑った。

「先輩と、出掛けたいんです」

それから、それをふんわりとした微笑《ほほえ》みに変えるものだから。

「そ、そうか……」

ドギマギしてしまい、春輝はそう返すことしか出来なかった。

「さぁ、盛り上がって参りました……！」

「桃井パイセンの追い上げ、パねぇッス……！」

「小桜派、大丈夫？　息してる？」

なお、外野は大興奮の模様であった。

◆　◆　◆

そんな風に、春輝が悶々《もんもん》とした気持ちを抱《かか》えて日常を過ごしている一方で。

「……はぁ」

放課後の教室、窓際《まどぎわ》の席にて露華《ろか》は溜《た》め息《いき》を吐《つ》いていた。

ふと視線を感じて、手元に落としていた目を教室内に向ける。

すると、いくつか寄せられていた視線が露骨に逸らされた。

「あの色気、やっぱさー。そういうことかなー？」

「俺もお相手願いたいよなー」

「お前じゃ無理だっての」

そんな、男子の声。

「あれって、やっぱカレのことで悩《なや》んでるのかな？」

「悩むこと、多そうだもんねー」

「羨《うらや》ましいような、そうでもないような……」

そんな、女子の声。

風向きのせいか、それぞれの囁《ささや》きが露華の耳に届く。

(聞きたいことがあるなら、直接言ってくればいいのに)

むしろ、露華はそれを待ち望んでいた。

(ま……みんな、善人寄りってことなんだろうけど。良くも悪くも、さ)

感じる視線に悪意の類《たぐい》がほとんど感じられないことから、露華はそう判断している。もっとも、だからこそ厄介《やっかい》でもあるのだが。悪意に対してならば露華としてもそれ相応に立ち回るのだが、興味本位で遠巻きに見られるだけというこの状況《じょうきょう》は何とも動きづらい。

(……っていうのは、言い訳かな。能動的に働きかけられないでいる自分への)

半ば以上無意識に、口の端《はし》が皮肉げに持ち上がった。

(何にせよ……それよりも、今は)

それもまた言い訳で、逃《に》げの思考であることは自覚していたけれど。

(これをどうするか、だよねぇ……)

再び、手元のプリントへと目を落とす。先のホームルームにて全員に配布されたものであった。内容もごくありふれたもので、これを問題視する者は極少《ごく》数であろう。

とはいえ、今の露華はその少数派に属する立場であり。

（……ま、こっちの事情は先生も知ってるし。黙《だま》っときゃわかんないっしょ）

そう内心で断じて、プリントを雑に鞄《かばん》へと突《つ》っ込んだ。

そして、鞄を持って席を立つ。教室の出入り口の方に歩き始めると、クラスメイトたちがサッと道を譲っていった。結果、露華は何に阻《はば》まれることもなく教室を出る。

（ははっ、なんかウケる）

その様がなんだかおかしくて、誰《だれ》からも見えない角度で笑みを浮かべた。

それが本心からのものなのか、強がりの結果なのか。

自分でも、よくわからなかった。

◆　◆　◆

とある平日の朝。

「ふわぁ……」

あくびを漏《も》らしながら、春輝はキッチンへと向かう。漂《ただよ》ってくる良い香《かお》りに、くぅとお腹が鳴った。かつては二日酔《よ》いか寝不足《ねぶそく》──大抵《たいてい》の場合、その両方──によって起き抜けは食欲ゼロなことが多かったことを思えば、随分《ずいぶん》と健康的な生活になったものである。

「おはよう」

挨拶《あいさつ》と共に、キッチンに顔を出す。

「おはようございますっ！」

「おはー」

「おはよう」

すぐに、三つの声が返ってきた。

こんな光景にも、すっかり慣れたもの。

「今日も美味《おい》しそうだ」

この日テーブルの上に並ぶのは、ご飯と味噌汁《みそしる》、鮭《さけ》のみりん焼きと卵焼きに漬物《つけもの》だ。

「ふふっ、お口に合えば幸いです」

伊織の返しはいつも通りだが、その笑みはどこかイタズラっぽく見えた。

（……？）

少し気にはなったものの、とりあえず席に着く。何かあるのならば、そのうち明かされるだろう。彼女の表情に暗いところはないので、ひとまずはそう思っておくことにした。

『いただきます』

全員が着席したところで、手を合わせる。

春輝はまず一口、味噌汁を啜《すす》り。

（……ん？）

僅《わず》かな違和感《いわかん》を覚えた。

（まぁ、そういうこともある……か？）

内心で首を捻《ひね》りながらも、卵焼きに手を付ける。先程チラッと眺《なが》めた時には気付かなかったが、その形は少し歪《いびつ》で、一部に焦《こ》げも見られた。

（伊織ちゃんでも、こんなことあるんだな）

そんな風に思いながら、口に入れる。

（……こっちもか）

そして、先と同じ種の違和感を抱《いだ》いた。

「春輝さん、お味はどうでしょう？」

伊織が、小首を傾《かし》げて尋《たず》ねてくる。

「…………」

「…………」

それはいいとして、なぜ露華と白亜《はくあ》もジッと春輝のことを窺《うかが》っているのか。

「今日の味噌汁と卵焼き、いつもとちょっと味付けが違うんだね」

「……わかるんですね」

伊織は、少しだけ驚《おどろ》いた様子であった。

「ははっ、そりゃ毎日食べてるからね」

実際、今の春輝にとっての『家の味』といえば完全に伊織の味付けとなっている。

「うん、でも今日のも美味しいよ」

とはいえ、これも本心からの言葉であった。

「そうですか、良かったです」

伊織がふわりと微笑む。

「ねっ、二人とも？」

そして、露華と白亜の方にその笑顔を向けた。

対する二人は、ホッとした表情を浮かべている。

そこで春輝も、ようやくピンと来た。

「もしかして、これって……」

「はい、この子たちが作ったんです」

「そのお味噌汁は、ウチのお手製だよ～」

「わたしは、卵焼き」

露華と白亜が、それぞれドヤ顔で胸を張る。

そんな様は、やはり姉妹らしくよく似て見えた。

「お姉に教えてもらいながらではあったけど、上出来みたいじゃん？」

「これで、ハル兄の胃袋《いぶくろ》は摑《つか》んだも同然」

引き続き、ドヤ顔を継続《けいぞく》する二人。

「うふふ、一朝一夕《いっせき》に先人を超《こ》えられると思ったら大間違いだよ？」

それに対して、伊織が『圧』を放つ。

「こらこら、口だけじゃなくて手を動かさないと。そんなに時間に余裕《よゆう》ないぞ？」

若干不穏《ふおん》な空気を感じないでもなかったため、春輝はそう口を挟《はさ》んだ。

「あっ、はい。そうですね」

『はーい』

露華と白亜が声を揃《そろ》え、伊織が頷く。

そこから先は、和《なご》やかに朝食を終えて。

「よしっ、それじゃそろそろ行こうか」

全員の準備が整ったところで、春輝はそう声をかけた。

「ですね。はい、こちらお弁当です」

「ありがとう」

伊織から、お弁当箱の入った包みを受け取る。

「露華と白亜も」

「サンキュー」

「ありがとう」

露華と白亜も、同じく。

「っとと……鞄の中、パンパンだわ……」

「もう、普段《ふだん》からちゃんと整理しとかないから……」

鞄をゴソゴソ雑に漁《あさ》る露華に、伊織が眉根《まゆね》を寄せた。

とその時、露華の鞄からひらりと一枚の紙が飛び出してくる。

「露華ちゃん、これ落ち……」

落ちたよ、と差し出しかけて。

「三者面談のお知らせ……？」

そこに印字された文言《もんごん》に、思わず目がいった。

「って、これ明日じゃん⁉　なんで黙ってたの⁉」

驚いて顔を上げると、「しまった」とでも言いたげな露華と目が合う。

「あー。いや、ほら、アレじゃん？」

それを誤魔化《ごまか》すように、露華は苦笑を浮《う》かべた。

「今お父さんいないんだし、言ってもしゃーないじゃん？　先生にもそう言ってあるし」

「俺がいるじゃないか」

春輝は、自身の胸に手の平を当てる。

「言ったろ？　俺は、君らの保護者だって」

先日、借金取りである芦田《あしだ》を相手に切った啖呵《たんか》。

勢いによるところも大きかったが、春輝としては本気の言葉であった。

「あー……うーん……そう言ってくれるのは嬉《うれ》しいんだけど……」

露華は、何やら気まずげに言い淀《よど》んでいる。

「あっ、そう、明日まだ金曜だし！　平日じゃ無理っしょ！」

それから、ふと思いついたように人差し指を立てた。

「いや、午後から半休取るよ。最近は、そのくらいの余裕はあるし」

「そ、それは流石《さすが》に悪いっていうか……」

「むしろ、有休余り過ぎで課長から早《は》よ取れって急《せ》かされるんだ。ちょうどいい」

「やー……でも……」

「……？」

なかなか了承《りょうしょう》しない露華に、春輝は首を捻る。

「露華、行ってもらえば？」

「ロカ姉、第三者の視点はあるに越《こ》したことはない」

伊織と白亜も、不思議そうな顔であった。

そんな中、春輝はとある可能性に思い至る。

「ん……まぁ、そうだよな。他人が保護者面《づら》して出しゃばることでもなかったよな」

どう言ったところで、彼女たちにとって春輝は他人でしかない。それが父親を差し置いて三者面談に行くというのも、考えてみれば気分の良いものではないだろう。

今更《いまさら》ながらに、春輝は先程の発言を反省した。

「や、ウチも春輝クンのことはアレよ！　家族的なアレだと思ってるし！」

慌《あわ》てた調子で、露華が手を振《ふ》る。

「ちょっと遠慮《えんりょ》しちゃっただけだから！　オッケー、春輝クン是非《ぜひ》とも来てよ！」

「そ、そう……？　なんか、言わせちゃった感が半端《はんぱ》ないんだけど……」

「んなことないって！」

「……わかった。嫌《いや》だったら、ホントに言ってくれよな？」

「嫌なわけないって！」

そう言ってから、ニパッと笑う露華であったが。

「…………ホント、春輝くんが来ること自体が嫌なわけじゃないんだけど」

小さく小さく紡《つむ》がれた呟《つぶや》きが僅かに耳に届いたのが、春輝は少しだけ気になった。

◆　◆　◆

そして、三者面談当日。

「うっし……行くか」

クリーニングしたての一番良いスーツで身を包み、鏡の前に立った春輝は髪《かみ》をオールバックにした自身の姿を確認して頷《うなず》いた。そして、学校のトイレを出る。見慣れない大人の姿があるからだろうか、生徒たちがチラチラと視線を向けてくるのが感じられた。

それを受け流しながら、予《あらかじ》め露華に教えられた教室へと向かう。

「おいっす、露華ちゃん」

教室の前では既《すで》に露華が待機していたので、軽く手を上げて挨拶《あいさつ》を送った。

「おいっすー、春輝クン……って、ぷはっ！」

手を上げて返してきた露華だが、春輝の方に目を向けた瞬間《しゅんかん》に吹《ふ》き出す。

「めっちゃキメキメじゃん！　えっ、なに、ホストにでもなんの？」

春輝を指して、ケラケラと笑う露華。

「おかしいかな……？」

春輝は、スーツを軽く引っ張ってみながら首を捻った。

「いや、格好いいよ。わざわざありがとね、春輝クン」

トトトッと寄ってきて、露華が上目遣《うわめづか》いで見上げてくる。

「小桜さん、お入りください」

とそこで教室の扉《とびら》が開いて、中から妙齢《みょうれい》の女性が顔を出した。恐《おそ》らく春輝より少し年下くらいか。彼女が、露華の担任の先生なのだろう。切れ長な目の中心で、黒い瞳《ひとみ》がどこか冷たい温度を宿して春輝を見据《みす》えているような気がした。

「はい、よろしくお願いします」

春輝は若干《じゃっかん》の緊張《きんちょう》を覚えつつも、笑顔で答えて足を進める。

「おなしゃーす」

一方の露華は、気軽な調子で言って春輝に続いた。

「どうぞ、そちらに」

「はい、失礼します」

先生に促《うなが》され、四つ繋《つな》げられた机の一席に腰《こし》を下ろす。

「露華さんの担任の、薊《あざみ》です」

「人見と申します。本日は、保護者代理として参りました」

お互《たが》いに、会釈《えしやく》。

「保護者代理……ですね」

薊教諭の目は、どこか胡乱《うろん》げに見えた。

（まぁ、普通に考えれば怪《あや》しいよな……）

内心で苦笑する春輝だが、表面上は営業スマイルを貼《は》り付けたままである。

「それでは、早速《さつそく》ですが始めさせていただきます」

それ以上突《つ》っ込んでくることもなく、薊教諭はそう話を切り出した。

「露華さんですが、成績は非常に優秀《ゆうしゆう》ですね。生活態度にも問題はありません」

「えっ、そうなの？」

薊教諭の言葉に、思わず露華の方に振り返ってしまう。

「何その失礼な感じー？　ウチ、ヒンコーホーセーな優等生よ？」

「お、おぅ……そういや前にそんなこと言ってたけど、マジだったのか……」

ジト目を向けてくる露華だが、彼女のイメージと『優等生』という言葉がどうにも合わないように思えて春輝のリアクションは大層微妙《びみよう》なものとなった。

「んんっ」

『あっ、すみません』

薊教諭の咳払《せきばら》いに、ハッとして二人とも視線を前に戻《もど》す。

「ですが」

スッと薊教諭の目が細まった。

「クラスで孤立《こりつ》している様子なのが、少し気になります」

「ちょっ……⁉ 先生、その話はしないって約束……！」

淡々《たんたん》と言う薊教諭に、慌てた様子で手を伸《の》ばす露華。

「……どういうことですか？」

春輝は、姿勢を正して尋《たず》ねる。

「露華さんが、入学式含《ふく》めしばらく登校していなかったことはご存じですか？」

「はい」

春休みが明けても、学校に行くフリをして露華は朝から晩までバイトに明け暮れていたはずだ。少しでも、借金を返す足しにするために。

(……なるほど、それで浮いてるってわけか。そこまでは考えが及《およ》ばなかったな)

春輝は、ギュッと拳《こぶし》を握《にぎ》る。

新学年に上がるだけならまだしも、新入生ともなればそのインパクトは大きいだろう。

(俺は、その状況《じょうきょう》を知ってたはずなのに)

忸怩《じくじ》たる思いであった。

「それだけならまだしも」

「えっ……？」

しかし、薊教諭の話はそれで終わりではなかったらしい。

「登校していなかった理由として……援助《えんじょ》交際で知り合った男性の家に転がり込んでいたから、という噂《うわさ》が広まっています」

「そんなわけ……！」

「ない、ですか？」

否定しようとした春輝は、薊教諭に睨《にら》まれ言葉を切った。

「……まさか」

口元を手で押さえ、考える。

援助交際でこそないものの、『男性の家に転がり込んだ』という部分は見ようによっては事実と言えた。別段人目を忍《しの》んでいたわけでもなし、誰《だれ》に見られていたとも限らない。

まして、服を買いに行くまではずっと制服で過ごしていたのだ。どこの学校の者なのか、喧伝《けんでん》していたようなものである。見目麗《みめうるわ》しい少女なので、印象にも残りやすいだろう。

（俺のせい、か？）

春輝は、サッと血の気が引いていくのを自覚した。

「違《ちが》う！」

バン！　露華が机を強く叩《たた》く。

「春輝クンは、ウチらを救ってくれたの！　春輝クンが気に病《や》むことなんて何もない！」

どうやら、春輝が内心で考えていたことを的確に見抜《みぬ》いたらしい。

「だけど、それを知らない人は違う印象を抱《いだ》くということよ」

露華から事情は聞いているのだろう。

薊教諭は露華の言葉を否定はせず、けれど諭《さと》すようにそう言った。

「……ですね」

春輝も、同感であった。

「でも……！」

「露華ちゃん」

尚《なお》も言い募《つの》ろうとする露華を、手で制する。

「多少迂闊《うかつ》なところがあったとはいえ、俺も自分の行動が間違っていたとは思わない。それでも、それとこれとは別問題なんだよ。わかるだろ？」

「っ……！」

露華も、頭では理解しているのだろう。反論はなく、強く拳を握るだけだった。

「デリケートな問題ですので、正直学校としては対策を打ちかねている状況です。申し訳ないとは思っていますが、この件については……」

「いえ、当然だと思います。これについては、自分が……」

どうにかします、と言えればどんなに良かっただろうか。

「……考えます」

けれど、今の春輝にはそう言うことしか出来なかった。

◆　◆　◆

その後はこれといった問題も出てこず、淡々と三者面談を終えて。

「春輝クン、先生の言ったことは気にしないでいいからね。ウチ、全然大丈夫《だいじょうぶ》だから」

「いや、大丈夫ってことはないだろ……」

「まだ入学したばっかだし？　グループ形成に乗り遅《おく》れるなんて、よくあることっしょ」

「けど、君の場合は例の噂の件があるじゃないか」

「人の噂も七十五日、ってね。そう考えると、一学期中にはなんとかなるんじゃない？」

「んな、適当な……」

学校の廊下《ろうか》を歩きながら、二人はそんなことを言い合っていた。

「あのさー、春輝クン」

早足で数歩先行した後に、露華がクルリと振り返ってくる。

「考えてもみてよ？　この、ウチだよ？」

自身の胸に手を当て、ニッと笑った。

「友達出来なくて寂《さび》しいよ～、なんてキャラじゃないでしょ。ちゅーか、友達くらい自分で作るっての。こういうの、外野が口を出すことでもないじゃん？」

それから、春輝を見る目を鋭《するど》く細める。

「だから、春輝クンの出る幕なんてないわけ。オーケー？」

「それ……は……」

そうなのかもしれない、と少し納得の気持ちが生まれてしまった。

と、そこで。

「あっ、春輝さん、露華」

廊下の角の向こうから、伊織が姿を現した。

「面談、終わったんですね。どうでした？」

笑顔ながら、その顔には少し心配げな色も見て取れる。

「あぁ、うん……」

伊織にも相談すべきか……そう思った春輝だったが。

「…………………」

すすっと身を寄せてきた露華が、無言のまま脇腹《わきばら》を肘《ひじ》で軽く突《つつ》いてきた。

恐らく、「余計なことは言うな」ということだろう。

「……特に、問題なかったよ」

どうにか笑みを浮《う》かべて、伊織にそう返す。露華の意図を汲《く》んだというよりは、現段階で知らせても心配させるだけだろうという思いによる判断だった。

「成績優秀、だってさ。それ聞いて俺、思わず『そうなの？』って聞いちゃったよ」

「ふふっ、最初はみんな驚《おどろ》きますね」

「ひっどいなー、二人とも」

なんて、談笑する中。意識して笑顔を貼り付けながらも、春輝の頭の中は露華の件についてどうすべきかという悩《なや》みが大半を占《し》めていた。

結局その後、約一日半かけて考えても何の解決方針も立てられないままで。

◆　◆　◆

面談の翌々日、今日は貫奈との『デート』当日である。

「それでは春輝さん、私たちはもう出ますので」

ちなみに、春輝に先んじて三人も朝から出掛けるらしかった。

「伊織ちゃんと露華ちゃんは、日雇《ひやと》いのバイトだったたっけ……？　借金問題はとりあえず解決したんだし、あんまり無理はしないようにな？」

事前にそう聞いていたので、一応軽く注意を促《うなが》しておく。

「は、はいっ！　そうでしゅね！」

すると、なぜだか伊織から動揺《どうよう》の気配が伝わってきた。

「……？」

「だいじょぶだいじょぶ、たまたま割のいいバイト見つかっただけだからさ」

春輝の疑問の目から伊織を隠《かく》すように、露華がスッと前に出てくる。

「ねっ、お姉？」

「は、はいっ！　そうでしゅね！」

ただ、隠せているかはかなり微妙なところであった。

「えーと……白亜ちゃんは、配信用の撮影《さつえい》だっけ？　今日は普通の服なんだ？」

とはいえあまり触《ふ》れてほしくないのならと、気を使って春輝の方から話題を変える。

「そう。コスプレは、路上でやるにはちょっと目立ちすぎるから」

「なるほどね。流石《さすが》白亜ちゃん、しっかり考えてるんだ」

「大人なんだから、当然」

そうは言いながらも、春輝に撫《な》でられて白亜はムフーとご満悦《まんえつ》の表情だった。

「あの……さ、露華ちゃん」

白亜の頭から手を離《はな》し、露華に呼びかける。

「うん？　どしたん？」

小首を傾《かし》げる露華。その表情は、いつも通り……の、はずが。どこか憂《うれ》いを含《ふく》んで見えてしまうのは、例の件について春輝が気にしているがゆえなのだろうか。

「俺……」

声をかけたはいいものの、何と言って良いものやらわからなかった。露華の問題への解決策が何も浮かばないまま出掛《でか》けることへの後ろめたさのようなものがあるのだが、それを彼女に伝えたところでどうなるものでもあるまい。

「春輝クン、桃井さんとのデート楽しんできなよっ」

そんな春輝の葛藤《かっとう》を察したのだろうか。

露華は後押しするかのように、春輝の背をパンと叩いた。

「ほんじゃ、いってきまー」

そして、春輝が何か返す間もなく玄関《げんかん》から出ていく。

「すみません、それじゃいってきますね」

「いってきます」

露華を追いかける形で、伊織と白亜も玄関を出ていった。

「あぁ……いってらっしゃい」

その背に、挨拶《あいさつ》の言葉を送って。

「……俺も、そろそろ出ないとだな」

心は重いままだが、だからといって時間が止まってくれるわけもなく。

春輝も、出掛ける準備に入ることにした。

◆　◆　◆

貫奈との待ち合わせ場所は、この付近では一番栄えている駅の改札前だった。ちょっとした広場のようになっており、周囲には結構な人混みが出来ている。

（桃井は……まだ来てない、かな……？）

集合時間の少し前に到着《とうちゃく》した春輝は、ザッと周囲を見回してそう判断した。

改札の方に身体《からだ》を向け、スマホに目を落とす。

「ちょっとちょっと」

するとすぐに、横からそんな声が聞こえてきた。

「なにスルーしてくれちゃってるんですか、先輩《せんぱい》」

「へ……？」

聞き慣れた声と呼称《こしょう》に、そちらへと顔を向ける。

するとそこに待ち人の姿があって、驚きの声を上げてしまった。

「うおっ、桃井いたのか⁉」

「さっきからずっといましたよ」

貫奈がジト目を向けてくる。

「す、すまん、気付かなかった」

謝りながら、春輝は己が貫奈の存在に気付けなかった理由を知った。

彼女の印象が、普段《ふだん》とかなり異なっていたのである。いつもは下ろされている髪《かみ》が、今日はアップに纏《まと》められていた。服装だって、会社でのシックなものではなく可愛らしい雰《ふん》囲気《いき》。メガネのフレームの色も、いつもより明るめだ。

「その、ちょっといつもと雰囲気が違ったからさ」

「……似合いませんかね？　こういうの？」

正直に伝えると、貫奈が軽く前髪を弄《いじ》りながら尋《たず》ねてきた。

「いや？　普通に似合ってるけど。あー……その、可愛いよ」

これも、正直な感想である。後半は、流石に少し恥《は》ずかしかったが。小桜姉妹と暮らすようになって『女の子はちゃんと褒《ほ》めてやらないといけない』ということを学んだ春輝は、照れながらもどうにか口にすることが出来た。

「本当ですか？　ありがとうございますっ」

弾《はず》んだ声で礼を言う彼女の笑顔は、あけすけで。

それもまた普段と印象が違《ちが》い、春輝の心臓がトクンと跳《は》ねる。

「……時に先輩、服の趣味《しゅみ》が少し変わりましたか？　以前は、もっと地味だったような」

直後、別の意味で心臓がドキリと跳ねた。

今日の服装は、先日伊織に選んでもらったものだったためである。

「ま、まぁな。俺だって、多少は好みが変化していくさ」

「それもそうですね。先輩の私服なんて見るの、随分《ずいぶん》と久しぶりですし」

若干《じやっかん》声が震《ふる》えてしまった気もしたが、貫奈はあっさり納得してくれたようだ。

「ところで、結局今日はどこに行くんだ？」

これ以上掘《ほ》り下げられる前にと、さっさと話題を変えることにする。

「あ、はい。それは……」

そこで、言葉を止めて。

貫奈は、なぜか春輝の顔をまじまじと見つめてきた。

「……先輩、何かありました？」

「っ……」

ジッと目を覗《のぞ》き込まれながらの質問に、春輝は息を呑《の》む。露華の件は一旦《いったん》頭の中から追い出していたつもりでいたのだが、それすら見抜《みぬ》かれたということか。

「前にも言いましたが、先輩はわかりやすいですからね」

いつかと同じセリフを口にして、貫奈はクスリと笑う。

「今日考えていたプランはですね、私なりの『大人のデート』ってやつだったんですよ」

「うん……？　あ、うん、そうなの？」

急に話が変わったように思えて、春輝は戸惑《とまど》い気味に目を瞬《またた》かせた。

「ですが、大幅《おおはば》に変更《へんこう》しようかと思います」

「え……？　なんで？」

先程から、貫奈の意図がイマイチ摑《つか》めない。

「そうしたい、気分なんです」

「そう、なのか……？　いや、お前がいいんならそれでいいんだけどさ……」

元々、貫奈に誘《さそ》われての今日である。

彼女がそう言うのであれば、春輝に拒絶《きょぜつ》する理由はなかった。

「あの時みたいに……今度は私が、出来ればいいんだけど」

ポツリと漏《も》らされた貫奈の呟《つぶや》きの意味は、やっぱりわからなかったけれど。

◆　◆　◆

待ち合わせ場所から、少し移動し。

「とりあえず、まずはここですね」

「動物園……か」

春輝が見上げる先では、看板に描《えが》かれた動物たちが笑みを浮かべていた。

「先輩、前にアニマルセラピー的な癒《い》やしがほしいって言ってましたしね」

「んんっ……？　そんなこと、言ったっけか……？」

記憶《きおく》になくて、首を捻《ひね》る。

「あれです、三日連続で重障害が発生した時」

「あぁ……そういや、言ったかもなぁ……」

言われてみれば、死んだ目でそんなことを口にした記憶が蘇《よみがえ》ってきた。もっともそれは、本気で言ったというよりは現実逃避《とうひ》の言葉に近かったような気もするが。

「よく覚えてんなぁ……」

「まぁあの時は、私も心から同感でしたからね……」

「ぷっ、なるほどな」

同じく死んだ目で対応していた貫奈の姿も脳裏《のうり》に蘇ってきて、思わず吹《ふ》き出した。

「ほら、こんなところで話してないで入ってしまいましょう」

「だな」

止まっていた足を動かし、券売所へ。大人二人分の料金を払《はら》って、入場する。

「先輩、何か見たい動物はありますか？」

「ん～……象？」

「おや、それは意外なところですね」

「そうか？　俺、でっかい生物って好きなんだよな。いつかクジラも生で見てみたいわ」

「男の子ですねぇ。それじゃ、今度はホエールウォッチングツアーでも行きますか？」

「ふっ、それもいいかもな」

なんて雑談を交わしながら、順路に従って園内を回っていく。

「あっ、ふれあいコーナー。先輩、寄っていってもいいですか？」

「ん、了解《りょうかい》」

春輝は微笑《ほほえ》ましい気分で、貫奈の指差す方へと足を向けた。

「あっ、ここで触れ合えるのはワンちゃんなんですね」

貫奈の声が華《はな》やぐ。

「よーしよし、いい子ですねぇ」

緩《ゆる》んだ笑顔で、じゃれついてくる小型犬を撫《な》でる貫奈。

「そういや桃井、昔っから動物好きだったよな。高校の時、急に走り出して猫《ねこ》を追いかけていったりしてさ。最初、何事かと思ったよ」

春輝は懐《なつ》かしさに目を細めた。

「あはは、そんなこともありましたねぇ」

貫奈も、似たような表情である。

「好きですよ」

「っ!?」

かと思えばそんな言葉と共に見上げてくるものだから、春輝の心臓がまた大きく跳ねた。

自然、同じ言葉を受け取ったあの夜のことが思い起こされる。

「特に、犬が好きですね。結婚《けっこん》して家を建てることがあったら、多頭飼いもしてみたいです。今のマンション、ペット禁止なんですよねー」

「あ、あぁ、そういう……」

一瞬自分に対して言われたのかと思って焦《あせ》った春輝だったが、話の流れを考えれば「動物のことが」という意味であることは明白だった。

（とはいえ……俺のことを、ってのも事実……なん、だよなぁ……？）

未《いま》だ、鼓動《こどう》は乱れたままである。

「？　先輩、どうかされましたか？」

そんな春輝を不審《ふしん》に思ってか、貫奈は小さく首を傾《かし》げた。

「い、いや、なんでも。にしてもお前、結婚願望とかあったんだな？」

誤魔化《ごまか》しがてら、話題を変える。

「そうですね、普通にありますよ。もちろん、相手が誰《だれ》でもいいわけではなくて……」

そこでふと、貫奈が真顔になった。

「意中の相手とゴールイン出来るのであれば、という前提ですが」

「そう……か」

真《ま》っ直《す》ぐ貫《つらぬ》いてくるその視線が、春輝の心を揺《ゆ》るがせる。

そのまま、見つめ合うことしばし。

「それではここで、ふれあいコーナーに移動する」

春輝は、聞き覚えのある声が近づいてくることに気付いた。

「パンフレットによると、ワンちゃんが……おっと？」

そんなことを言いながら、そこで立ち止まったのは。

「ハル兄、こんなところで会うなんて奇遇《きぐう》」

ノートパソコンを手にした白亜であった。

「白亜ちゃん……？　なんでここに……？」

「もちろん、撮影《さつえい》中。中学生以下は、入場無料だし」

「そ、そう……」

理由はわかったが、何とも微妙《びみょう》な表情になってしまう。

「おっと、これはうっかり。思いっきり、『ハル兄』って言ってしまった。ハル兄のせいで、

「ここはちゃんと編集しないと『兄フラ』コメント不可避《ふかひ》」

「ええ……？　これ、俺が悪いのか……？」

なぜだか棒読み気味に聞こえる白亜の言葉に、春輝はますます微妙な表情に。

「……ところで、ハル兄と桃井さんはここで何を？　ここにいながら犬と触《ふ》れ合うでもなく、ただ見つめ合っていたように見えた気がするけど」

次いで、ギクリと顔が強張《こわば》った。

「い、いや、普通に犬と触れ合ってたけど⁉　なぁ⁉」

「……ええ、そうですね」

若干上ずった声で貫奈に話を振《ふ》ると、少しだけ間を空けた後に彼女も頷《うなず》く。

「白亜ちゃん、だったよね？　良ければ、一緒《いっしょ》に回る？」

それから、白亜に向けて手を差し出した。

「…………………」

白亜は探るような目つきで貫奈の手、顔、と順番に見やる。

「……いい。撮影、しないとだし」

そして、首を横に振った。

「それに、流石《さすが》にそこまで野暮《やぼ》じゃないから」

「そう」

表情の変化に乏《とぼ》しい白亜と、笑みを浮《う》かべる貫奈の視線が交錯《こうさく》する。二人の間で何かしらの意思疎通《いしそつう》が行われているように思えるのは、春輝の気のせいなのだろうか。

「それでは先輩《せんぱい》、ここは白亜ちゃんに譲《ゆず》って私たちは他に行きましょうか」

貫奈の方から視線を外し、その笑みを今度は春輝に向ける。

「んぉ？　あ、あぁ……」

ボーッと二人の様子を見ていたところに話しかけられ、春輝は曖昧《あいまい》に頷いた。

◆　◆　◆

その後は特筆すべきこともなく、動物園を回り終えて。

「そろそろお昼にしましょうか」

「そうだな」

外に出た二人は、繁華街《はんかがい》の方に歩き始めた。

「店はもう決めてあるのか？」

「はい、私のオススメです」

「ほう、そりゃ楽しみだ」

「ふふっ……きっと驚《おどろ》きますよ？」

「そんなハードル上げて大丈夫《だいじょうぶ》か？」

　ふれあいコーナーでの一件からしばらくは一方的に気まずさを感じていた春輝だったが、時間の経過につれてそれもマシになり、今ではすっかり平常運転となってきていた。

（とはいえ、いつまでもスルーするわけにもいかんよなぁ……）

　露華の件といい、考えることが多くて頭が痛くなりそうだ。

「あそこですよ、先輩」

「ほーん？」

　貫奈の指す先にあるのは、オシャレなカフェといった感じの建物だった。春輝一人であれば入るのに気後《きおく》れするところだが、貫奈と一緒であれば問題ないだろう。

（……んんっ？　なんかここ、妙に見覚えがあるような……？）

　店に入りながら、ふとそんなことを思った瞬間《しゅんかん》。

『いらっしゃいませ、ご主人様！』

　メイド服姿の女性たちに迎《むか》えられ、面食らうこととなった。

「お、おぅ……ここって、もしかして……」

「もしかしなくても、メイド喫茶《きっさ》ですよ」

硬《かた》い表情を浮かべる春輝に対して、貫奈はしたり顔である。

「というか、覚えていませんか？」

「あー……そういや高校の時に、一回来たなぁ。お前と一緒に」

貫奈に言われて、ようやくその記憶に思い当たる。

「驚くって、こういう意味か……」

「ちなみにここの一番人気のメニュー、焼肉定食が絶品なんです」

「メイド喫茶なのになんでガッツリ系が一番人気なんだよ……二重の驚き構造かよ……」

貫奈の説明に、春輝は半笑いとなった。

「……つーか、なんでそんなこと知ってるんだ？　確か前に来た時は、普通《ふつう》にオムライス頼《たの》んでたよな？　俺も、お前も」

メイドさんに案内された席に着いたところで、ふと浮かんだ疑問について問う。

「実は私、以前ここでバイトしていたんですよ。大学の頃《ころ》に」

「えっ、そうなの？」

思ってもみなかった言葉に、春輝はここでも驚いた。

「なんでまた……」

どうにも貫奈のイメージと合っていない気がして、首を捻《ひね》る。

「だって、先輩が初デートで連れて行ってくれたのがメイド喫茶だったんですよ？　先輩はメイドが好きなんだな、って思うじゃないですか」

「あれって、デートだったのか……？」

今更《いまさら》ではあるが、当時そんな認識はなかった春輝であった。

「ん……？　ていうか、その言い方だと……」

遅《おく》れて、先の言葉に含《ふく》まれる意味に気付く。

「俺の好みに合わせるために、メイド喫茶でバイトを始めたってこと……か……？」

我ながら、自意識過剰《かじょう》な問いだとは思ったが。

「他にどんな理由があると？」

貫奈は、あっさりと頷いた。

「結局、先輩にメイド属性はなかったようですけれど」

「お、おぅ……なんというか、スマン……」

他に言葉が思い浮かばず、とりあえず謝罪する。

「私が勝手に勘違《かんちが》いしただけですし、謝ってもらうようなことじゃないですよ」

クスリと笑う貫奈。

「それよりも」

その笑みが、イタズラっぽく深まる。

「赤の他人のメイド姿には興味がなくとも……顔見知りがメイド服を着ていたら、ちょっと興奮すると思いませんか？」

「いや別に……」

貫奈にそう答えながらも、自然と頭の中にはメイド服姿の貫奈が思い描《えが》かれていた。

（……メガネっ娘《こ》メイドか）

会社での貫奈のように、お硬いメイドさん。

今の貫奈のように、可愛らしいメイドさん。

（……どっちも、意外とアリっちゃアリかもな）

なんて、思った。

「意外とアリかも？　とか思ったんじゃありません？」

そこを鋭《するど》く指摘《してき》され、ギクリと顔が強張る。

「先輩がお望みであれば、個人的にメイド服を着て差し上げても構いませんよ？」

引き続き、貫奈の笑みはイタズラっぽい雰囲気《ふんいき》であった。

「お前なぁ……」

口を『へ』の字に曲げながら、否定の言葉を口にしようとしたところで。

「い、いらっしゃいませ、ご主人様！」

テーブルの傍《かたわ》らに、メイドさんがやってきた。

「こちら、お冷です！　えっと、あの、萌《も》え萌えキュン！」

コップをテーブルに置いてから、手でハートマークを形作るメイドさん。

「それするタイミングおかしくない……？」

苦笑と共にメイドさんの方に目を向けつつ、春輝はコップの水を口に含《ふく》んだ。

「ぶはっ⁉」

そして、直後に噴《ふ》き出した。

「だ、大丈夫ですか春輝さん⁉　あっ、じゃなかった、ご主人様！」

そこにいたのが、メイド服に身を包んだ伊織だったためである。

「ゲホッ、ゲホッ……！　な、なぜここに……⁉」

水が若干《じゃっかん》気道に入ったせいで咳《せ》き込みながらも、春輝は疑問を投げた。

「実はここ、マスターの知り合いのお店で……時々ヘルプに入っているんです」

「そ、そうなんだ……？」

初耳の情報に驚きつつ、改めて伊織の方に目を向ける。

（…………すげぇな、これ）

そして、思わずまじまじと見つめてしまった。

彼女の制服は他のメイドさんと同じで、特別なものではない。露出《ろしゅつ》も少なく、メイド喫茶の中では大人しめのデザインであると言えた。しかし伊織が着れば特定の部分の隆起《りゅうき》がやたらと目立ち、露出の少なさが逆に卑猥《ひわい》さを強調しているようにさえ見える。

「あの、春輝さん、何か……？」

無言で見入っていたところ、伊織が不思議そうに首を傾《かし》げた。

「い、いや、別に……いつもと違う格好だったからつい、ね……」

慌《あわ》てて目を逸《そ》らし、言い訳を口にする。

「……これはちょっと、反則ね」

テーブルの向こうでは、貫奈が苦笑を浮かべていた。

「……？」

一人、伊織だけは何が起こっているのか理解出来ていない様子である。

「あっ、ところでお二人とも、注文伺《うかが》ってもいいですか？」

そこでようやく職務を思い出したらしく、伝票を手に尋《たず》ねてきた。

「じゃあ、俺は焼肉定食で」

「私は、オムライスをお願い」

「かしこまりました、ご主人様！」

二人の注文を書き留め、伊織はニコリと笑う。

「萌え萌えキュン！」

そして、手でハートマークを形作った。

「だからタイミングおかしくない……？」

「そうなんですか……？」

春輝が指摘するも、伊織はよくわかっていない表情だ。この店ではこのタイミングで言うものなのかとも思ったが、周囲を見回してみてもそういうわけでもなさそうであった。

「と、ともあれ、失礼します、ご主人様！」

ペコリと頭を下げて、踵《きびす》を返……しかけて、ふと伊織がその動きを止める。

「……ごめんなさい、桃井さん」

謝罪の言葉はとても小さな声で紡《つむ》がれて、春輝の耳までは届かなかった。

「何を謝ることがあるの？　貴女《あなた》は、ここでバイトしているだけでしょう？」

しかし貴奈には聞こえていたようで、こちらも小さな声で返す。

「…………はい」

頷《うなず》いて、今度こそ踵を返し離《はな》れていく伊織。

　その直前……垣間見《かいまみ》えた顔に罪悪感が宿っていたことにも、春輝は気付かなかった。

「今、なんて言ってたんだ？」

「先輩《せんぱい》メイドとして、激励《げきれい》の言葉を伝えていただけですよ」

「なるほど？」

　ゆえにあっさりと納得し、その話題はこれで終わりとなった。

◆　◆　◆

「確かに美味《うま》かったな、焼肉定食……メイド喫茶なのに……」

「お肉の仕入先からこだわっていますので」

「メイド喫茶なのにか……」

　満腹感と共に謎《なぞ》の敗北感のようなものも覚えながら、春輝はメイド喫茶を後にした。

「さて、お腹も膨《ふく》れたところで今日のメインイベントといきましょうか」

　こちらはフラットな表情で、貫奈が歩き出す。行き先が不明なことにも既《すで》に慣れてきたので、春輝も特に尋ねることもなくそれに続いた。

「そういや桃井、さっきのとこでバイトしてたのっていつ頃《ごろ》なんだ？」

「大学一年の途中《とちゅう》から、三年の終わりまでですね」

「結構長《なげ》ぇな……」

「先輩が来店されるのをお待ちしていましたので」

「言ってくれれば、一回くらいなら行ったぞ？」

「そういうんじゃないんですよねぇ……偶然性《ぐうぜん》が必要というか、運命的なのが……」

そんな雑談を交わしながら、歩くことしばらく。

「っと、ここです」

貫奈が足を止めたのは、ゲームセンターの前であった。春輝が高校生の頃から存在しており、学生時代はそれなりに通ったものである。

「桃井、ゲーセンとか来るんだ？」

「まぁ、嗜《たしな》む程度には」

「地味にオタク度が高いな……」

「全部先輩の影響《えいきょう》なんですが？」

「人を悪影響の大元みたいに言うなよ」

「影響という意味では間違っていないと思いますけど。悪いとは思っていませんけどね」

クスリと笑ってから、貫奈は店内へと足を踏《ふ》み入れた。

「んで、クレーンゲームでもするのか？」

なんとなく女性とゲーセンといえばその組み合わせだろうか、と思って尋ねる。

「それもいいんですけど……」

しかし、貫奈はクレーンゲームのコーナーをスルー。

「今回の目的は、これですね」

足を止めたのは、格闘《かくとう》ゲームの筐体《きょうたい》の前であった。

「あれ……？　これって……」

画面の中で動くキャラを見て、春輝は眉根《まゆね》を寄せる。

「先輩が昔プレイしてたやつですよね？　最近、リメイクされたんですよ」

「へぇ、そうなのか」

全く知らなかった情報に、軽く目を見開いた。

「つーか、なんで俺がプレイしてたことを知って……あぁ」

言葉の途中で、思い出す。

「そういや、ここにも一緒《いっしょ》に来たことがあったか」

それもまた、高校時代の記憶《きおく》であった。

「ですねー」

貫奈も頷く。

「と、いうのはともかくとして」

それから、ニッとどこかイタズラっぽく笑った。

「しかもこれ、ただのリメイクじゃないんですよ」

そう言いながら、チャリンと投入口に百円玉を入れる。

それからレバーを操作し、とある女性キャラを選択《せんたく》するとボイスが流れて。

「あれ……？　今の声って、もしかして……」

周囲の雑音に紛《まぎ》れ気味ではあったが、それは確かに聞き覚えのある声に思えた。

「そうなんです、実は小枝《こえだ》ちゃんがボイスを担当してるっぽいんですよ」

「マジ？　初耳なんだけど」

「これ、なぜか公式からはCVを誰《だれ》が担当してるかが明言されてないんですよね。でも、SNS上では小枝ちゃんに間違いないって評判ですよ。もしかしたら、そうやって話題が広まるのを狙《ねら》っての非公表なのかもしれませんね」

「ほーん？　色々と考えるもんだなー」

「それより、ほら」

貫奈は感心する春輝の手を引き、席に導く。

（ん、手……）

あまりに自然な流れで、手が繋《つな》がっているという事実に気付くのが一瞬《いっしゅん》遅《おく》れた。

（ま、まぁ、大人なんだし、この程度で動揺《どうよう》したりは……しな、い……）

自分に言い聞かせるも、心臓がやたら跳《は》ね回っている事実は否定出来ない。

「やってみてくださいよ、先輩。今回のクレジットは私の奢《おご》りですので」

「……お前は、やらないのか？」

「見てる方が好きなんです」

「ふーん？」

そういう層もいるので、特に疑問に思うこともなく春輝は画面の方に向き直った。

「そんじゃ、久々にやってみるか」

一人用モードでゲームを開始する。

「んっ、流石《さすが》にブランクを感じるな……」

「あっ、でも凄《すご》い、余裕《よゆう》で勝ってるじゃないですか」

「まぁキャラ相性《あいしょう》の良い相手だからな……よし、ちょっとずつ思い出してきたぞ」

「おぉっ、展開が一方的に」

「オッケー、コンボ入った」

「流石、お見事ですね」

と、最初の方は好調な滑《すべ》り出しだったのだが。

「先輩、危ないですよ！　ほらほら！」

「うん、まぁ……」

「今、いけたんじゃないですかっ？」

「ちょっと、ミスったな……」

「あっ、逆転いけます⁉」

「ギリいけるかもな……」

徐々《じょじょ》に、春輝の操作は精彩《せいさい》を欠いていく。

それは、貫奈の声に気が散るから……では、なく。

（なんでさっきからちょっとずつ接触範囲《せつしょくはんい》がデカくなってきてるんだ……⁉）

最初は春輝の肩《かた》に手を置く程度だったのが、徐々に貫奈は前のめりになっていき、今や春輝に背中から抱《だ》きつくような体勢になっているのだった。

（全然集中出来ないんだが……⁉）

貫奈の吐息《といき》をすぐそこに感じる状況《じょうきょう》でゲームに集中出来るほど、春輝はガチゲーマーでもなければ女慣れしているわけでもない。

「あー……」

画面の中で春輝の操《あやつ》るキャラが倒《たお》れ伏《ふ》し、貫奈が残念そうな声を上げた。

「惜《お》しかったですね」

春輝の顔のほとんどすぐ真横で、である。

「だな……」

画面の方に目を向けたまま、春輝は曖昧《あいまい》に頷いた。

「どうかしましたか？　先輩、何やら微妙《びみょう》な表情ですが」

視界の端《はし》に、貫奈がどこかイタズラっぽく微笑《ほほえ》む様が見える。

（こいつ、俺のことからかってやがるな……？　ったく……）

内心で、軽く溜《た》め息《いき》を吐《つ》いた。

（露華ちゃんじゃあるまいし……）

そう、考えたところで。

「はいはーい、お客さんちょっと失礼しますよっと。掃除《そうじ》中なんでー、すんませーん」

女性の店員さんが、掃除機をかけながら近づいてきた。

「ちょっと、足元失礼しますねー」

「あっはい、どうぞ」

中腰《ちゅうごし》で下を向いたままの店員さんに場所を譲《ゆず》るため、貫奈が一歩分退《ひ》く。結果的に春輝からも離れることになり、春輝は若干ホッとした気持ちとなった。

「はいはーい、サーセンサーセン」

「……？」

そこでふと件《くだん》の店員さんになぜか妙な既視感《きしかん》を覚え、何とはなしに窺《うかが》い見ると。

「うおっ⁉　ろ、露華ちゃん⁉」

先程頭の中に思い浮《う》かべていた顔がそこにあって、思わず驚《おどろ》きの声を上げてしまった。

「えっ、こんなとこで何やって……」

「お客さん、話しかけないでもらえますぅ？　ここ、そういうお店じゃないんでぇ」

「あ、はい、すんません……」

春輝の方を見ることなく冷たい声で返してくる露華に、半ば反射的に謝る。

「ほんじゃ、失礼しゃっしたー」

結局、一度も目を合わせることなく露華は掃除機をかけ終えて去っていった。

「………………いや、ゲーセンの店員さんには普通《ふつう》に話しかけることもあるだろ」

動揺のため、遅れに遅れた春輝のツッコミである。

「今の……小桜さんのところの？」

しばらく露華の背を見送っていた貫奈が、春輝の方へと振《ふ》り返って尋《たず》ねてきた。

「あぁ、次女の露華ちゃんだな」

特に思うところもなくそう答える。

「……露華ちゃん、ですか。随分《ずいぶん》と気安く呼ぶんですね？」

そして、貫奈の訝《いぶか》しむ視線にギクリと強張《こわば》った。

「いや、ほら……前に会社に来た時に、本人も言ってたろ？　あの子、なんか凄く砕《くだ》けた感じだからこっちもついついな。ははっ」

笑って誤魔化《ごまか》す。

「……そうですか」

納得してくれたのかは不明だが、貫奈もとりあえず頷《うなず》いた。

「姉妹揃《そろ》って……ね」

何やら思案顔で独りごちる貫奈。

（そういや、結局全員に遭遇《そうぐう》したのか……）

春輝も、今更《いまさら》ながらにその事実に思い至った。

（偶然《ぐうぜん》、ってのはあるもんだな……）

もっとも、思ったのはその程度のことだったが。

「……先輩《せんぱい》」

「んあ？」

若干《じゃっかん》ボーッとしていたところに話しかけられ、返答は間抜《まぬ》けなものとなる。

「せっかくだから、クリアまでコンティニューしちゃいます？」

ニッと笑う顔からは、先程までの思案の色はすっかり消えていて。

「そうだな、大人の財力ってやつにモノを言わせてやるか」

特にそれ以上深く考えることもなく、頷く春輝であった。


その後、割とガッツリとクリアするまでプレイし。

「結局、結構使っちまったな……」

「まぁ、少し残業すれば取り戻《もど》せる程度なんだからいいじゃないですか」

「残業換算《かんさん》で言うのやめてくれる……？　なんかこう、余計心に来るから……」

そんな会話を交わしながら、二人はゲームセンターを後にしていた。

「でもまぁ、なんだかんだで充実《じゅうじつ》した時間だったな。あんなガッツリとアーケードやったのなんて、それこそ学生の頃《ころ》以来だわ」

大きく伸《の》びをする春輝の表情は、言葉通り満足げなものである。

「サンキューな、桃井。今日、色々と気を使ってくれて」

無論、露華の件について忘れたわけではない。

しかし、気分転換《てんかん》して少しリフレッシュ出来たのは事実だった。

「いえいえ、私も楽しかったですから」

既《すで》に日は暮れており、後は夕食を一緒に食べてお開きといったところだろう。

「この後、晩ご飯はですね……」

「……ん。そこのファミレス、だろ？」

貫奈の言葉を遮《さえぎ》り、親指で向かいのファミレスを指す。

「ようやく、気付いていただけましたか」

「流石にな」

肩をすくめる貫奈に、苦笑を返した。

動物園、メイド喫茶《きっさ》、ゲームセンター、ファミレス。

これは高校時代の、とある日に二人が巡《めぐ》ったコースと全く同じなのである。

◆　◆　◆

人見春輝、十六歳。

彼は、どこにでもいるような普通の高校生であった。

成績はそれなり。運動は、得意でも苦手でもない。不真面目《ふまじめ》ではないが、そこまで真面目とも言えない。多くはないが友達もいて、孤立《こりつ》しているわけでもない。隠《かく》れオタクではあったが、それも特段珍《めずら》しい特徴《とくちょう》でもないだろう。

アニメの世界とは程遠い、穏《おだ》やかで、平凡《へいぼん》で、事件らしい事件もない毎日が続く日々。

そこに少しだけ変化が生じたのは、二年生に進級してしばらく経《た》った頃のことであった。

図書室の、一番奥の一角。少し薄暗《うすぐら》いし、見つけづらい位置にあるので滅多《めった》に人が来ることもない。そんな場所でライトノベルや漫画《まんが》を読みつつ昼休みを過ごすのが、春輝の日常であった。ここなら、人が来る気配を察してすぐに本を隠すことも可能だったから。

「……ここに人がいるとは、珍しいな」

ゆえに、先客がいることに驚いて思わず声に出して呟《つぶや》いてしまった。

「あっ……」

座って本に目を落としていた少女は、ビクッと震《ふる》えて腰《こし》を浮かせた。

「す、すみません、先輩の席でしたか……？」

そして、怯《おび》えた様子で尋ねてくる。

（……先輩？）

慣れない呼称《こしょう》に一瞬《いっしゅん》戸惑《とまど》うも、制服のリボンの色から彼女が新一年生だと理解した。

「いや、別に予約とかあるわけじゃないから。座ってくれてていいよ」

「あ、はい……」

春輝の答えに、少女はおずおずと座り直す。

「……ここ、座っても？」

一瞬迷った後、春輝は彼女の斜《なな》め向かいの椅子《いす》に手をかけて尋ねた。

初対面の、しかも女の子と同じ空間にいることに若干の居心地《いごこち》の悪さは感じるが、読みかけのライトノベルの続きが気になる気持ちの方が勝った形である。

「も、もちろん、どうぞ……！」

少女は、春輝に向けてペコペコと頭を下げた。

（……なんか俺、ビビらせちゃってるか？）

そうは思ったものの、別段悪いことをしているわけではないだろうと開き直る。

というか、今の優先事項《じこう》は見知らぬ下級生よりもライトノベルの続きである。

（表紙が見えないよう、机で隠す感じで読めばバレないだろ）

一応少女の方を警戒《けいかい》しながら、栞《しおり》を挟《はさ》んでいるページを開いた。

チラチラと視線を感じるのは少し気になったが、すぐに物語に没入《ぼっにゅう》していく。

（まぁ最悪、この子にオタバレしたところでたぶんもう会うこともないだろうしな……）

頭の片隅《かたすみ》で、そんな風に思った。


これが、貫奈との出会い。

後に振り返れば、この時の春輝の考えは概《おおむ》ね全てが間違《まちが》いであったと言える。

別段貫奈は春輝にビビっていたわけではなく、単に人見知りなだけだったし。

ライトノベルを取り出した際に、貫奈から余裕《よゆう》でその表紙は見えていたし。

結局、彼女とはこの後十年以上の付き合いとなるのだから。


それどころか、次に顔を合わせたのは早くも翌日のことである。

その日の昼休みも、春輝は昨日と全く同じ席に座る少女を目にすることとなった。

（……また、いるのか）

「あ、どうも先輩……こんにちは」

「ども」

ペコリと頭を下げてきた少女に、軽く会釈《えしゃく》を返す。

やり取りは、それだけであった。

春輝はライトノベルを取り出し、若干視線が気になりつつも読み進める。

そんな光景が、およそ一週間に亘《わた》って繰《く》り返された。

変化といえば、当初お互《たが》いに持っていた緊張《きんちょう》感のようなものが薄れたこと。

それから、少女からの視線が徐々《じょじょ》に露骨《ろこつ》になってきたことだ。

最初はチラチラ窺《うかが》う程度だったものが、今ではジーッと見つめられる程になっていた。

「……俺に、何か用でも？」

流石《さすが》に気になって、春輝は初日以来となる挨拶《あいさつ》以外の言葉を送る。

「あっ、す、すみません……！」

恐縮《きょうしゅく》した様子で、少女はペコペコと何度も頭を下げてきた。

「いや、別に謝る必要はないんだけど……」

そんな風にされるとまるで後輩イジメでもしているようで、なんとなく気まずい。

「ただ、何か言いたいことでもあるなら言ってくれればと思ってさ。別に遠慮《えんりょ》とか、しなくていいから。何でも言ってよ」

極力優しく聞こえるような声色《こわいろ》を意識したが、本当に出来ていたか自信はなかった。

「あっ、はい、では……」

ともかく、少女の口を開かせることには成功したようだ。

「先輩って、友達いるんですか？」

「マジで遠慮ない質問来たな」

そして、ストレートに失礼な物言いに若干面食らった。

「あっあっ、違うんです！　そういう意味じゃなくて！」

彼女も己の言葉の意味にようやく気付いたのか、慌《あわ》てた調子で手を横に振る。

「あの、私、友達がいなくて……」

「……なるほど？」

なんとなく、話の筋は見えてきたような気がした。

「それで今、イマジナリーフレンドの作り方を勉強しているんですけど」

気のせいだった。

「それはそれとして、やっぱり普通に友達も欲しくて」

と思ったら、一応春輝が考えていた通りの方向でもあったようだ。

「それで、先輩に友達の作り方をご教示いただければと……」

「……なるほど」

春輝は、もう一度頷《うなず》くも。

（いやこれ、相談相手を完全に間違えてるよな……毎日一人でこんなとこ来てるような奴《やつ》が、コミュ力強者なわけないだろうよ……)

内心では、そんなことを考えてた。

(うーん、友達の作り方なぁ……せめて、ネットで検索《けんさく》させて欲しい……って、まぁ普通《ふつう》に考えりゃこの子だって俺に聞く前に検索くらいしてるか……)

春輝は、己を極度の面倒《めんど》くさがり屋かつ事なかれ主義者であると自負している。

しかし、ここで「知らんがな」と言える程に冷たくもなければ肝《きも》が太くもなかった。

「あれじゃないか？　趣味《しゅみ》を共有出来る相手を探したりすればいいんじゃないか？」

もっとも、有効な策を提示出来たかといえば甚《はなは》だ疑問ではあったが。

「趣味、ですか……」

噛《か》みしめるように呟いてから、少女は再びジッと春輝の方を見てきた。

より正確に言えば、春輝の顔と手元——開いたライトノベルを手にしたままである——へと、交互《こうご》に目をやっているようだ。

「……あの、先輩《せんぱい》」

それから、おずおずと呼びかけてきた。

「お名前、伺《うかが》ってもよろしいですか？」

「ん？　あぁ……」

春輝もその段に至って、そういえばお互いの名前も知らないことに気付く。

「人見だよ。人見春輝」

「あっ、はい、人見先輩。私は桃井貫奈です」

こうして、一週間目にしてようやく自己紹介《しょうかい》を済ませた二人であった。


「先輩、いつも何を読んでるんですか？」

「……別に、何でもいいだろ」

それからも、図書室での二人の交流は続いた。

「桃井の方こそ、何読んでるんだ？」

「『友達の作り方』です」

「それはまた、ストレートな……」

無言で空間を共有するだけの関係が、ちょっとした雑談も交わすような仲になって。

それが二人にとっての『日常』となった、ある日のことであった。

「……先輩、私は」

ふと、本へと目を落としていた貫奈が顔を上げて春輝と目を合わせる。

「結構、人見知りで」

「うん、まぁ、知ってる」

初邂逅《かいこう》時の印象から、それは伝わってきていた。

「なのに入学早々、重めの風邪《かぜ》を引いてしまいまして」

「……そうなのか？」

今度は初めて聞く情報で、春輝は眉根《まゆね》を寄せる。

「一週間ほど休んだ後に登校してみれば、もう完全に女子はグループが形成されてたんですよね。同じ中学から来てる子も、同じクラスにはいなくて。それで、少々途方《とほう》に暮れまして……教室にいても気まずいので、昼休みはここに来てるんですよ」

「なるほどな」

いくら人見知りとはいえ、普通にコミュニケーションは取れるし性格が悪いとも思えない貫奈に全く友達がいないというのも少し不思議に思っていたのだが。

今の言葉で、春輝としても合点がいった。

「……けど、なんで急にその話を？」

とはいえ、特に前フリもなく始まった話だったため多少の戸惑《とまど》いはある。

「……なんで、でしょうね？」

貫奈自身もよくわかっていないのか、若干《じゃっかん》不思議そうに首を捻《ひね》っていた。

「たぶん、誰《だれ》かに聞いてもらいたかったんだと思います」

そう言って、苦笑を浮《う》かべる。

「……そっか」

春輝に言えたのは、それだけだった。

（こういう時、ラブコメの主人公とかだったら……なんかいい感じの話とかして、バシッと問題を解決に導くんだろうけどなぁ……）

昼休み限定の交流とはいえ、とっくに貫奈に対する情は湧《わ》いている。何か上手《うま》い方法はないものかと、考えてはいるのだ。けれど、妙案《みょうあん》は何も浮かばず。

（……やっぱ、俺は主人公にはなれないか）

高校生の身にして、それを思い知る春輝であった。

「な、なぁ、桃井」

それでも。

「もし、よければなんだけどさ……」

このまま何もしないというのは、どうにも胸がムズムズして堪《たま》らなくて。

「次の休み、どっか遊びに行かないか……!?」

頭の中に浮かんできた案を、衝動《しょうどう》的に口から出す。

女の子を遊びに誘《さそ》うだなんて初めてで、声は裏返っていた。一秒でも躊躇《ちゅうちょ》していたら、この言葉を発することは出来なかったろう。発した瞬間《しゅんかん》に、酷《ひど》い後悔《こうかい》と妙な達成感が同時に襲《おそ》ってきた。心臓が、妙に強く脈打っている。

「え……？」

対する貫奈は、パチクリと目を瞬《また》かせていた。

「……ええっ⁉」

一瞬の間を経た後、驚《おどろ》きの声と共に今度は目を見開く。

「えっと、その、先輩、それは、もしかして……そういう、ことなんでしょうか……？」

それから、おずおずと尋《たず》ねてきた。

「……？　そういう、っていうのは……？」

意味がよくわからず、春輝は疑問を返す。

「あぁ……」

すると、なぜか貫奈は力が抜《ぬ》けたように半笑いを浮かべた。

「特に他意はない、ということはよくわかりました……」

「……？」

引き続き、貫奈の言葉の意味はよくわからない……と、思いかけて。

（あっ……そういうって、そういう、そういう⁉）

遅《おく》れて、ようやく彼女が言いたかったことに気付く。

春輝とて恋愛《れんあい》に関する知識がゼロというわけではない。ただ、主なソースが二次元ということもあり、それが自分自身と全く結びついていなかったのであった。

「いや、あの、なんだ。俺じゃ学年も違うし、友達って感じには思えないだろうけどさ。たまには、気分転換《てんかん》に遊びに行くのもいいと思ってさ」

どこか言い訳がましいことを自覚しつつ、早口で付け加える。

「……そうですね」

そんな春輝が面白《おもしろ》かったのか、貫奈は小さく笑った。

「それでは、私の気分転換にお付き合いいただけますと幸いです」

やけに堅苦《かたくる》しい言い回しなのは、彼女も変に意識してしまっているからなのだろうか。

ともあれ、提案を受け入れてもらえたことにホッと安堵《あんど》する春輝であった。

そうして次の休日、二人は一緒《いっしょ》に出掛けた。

学生は割引があって、安く済むので……という理由で、動物園。

オシャレなカフェ的なところに……と思って入ったのに、実はそれがメイド喫茶《きっさ》で。

他に遊ぶ場所をあまり知らなかったため、自分の趣味全開のゲームセンターに行き。
ゲームセンターを出た時、適当に目についたので夕食はファミレスにて。
後に振《ふ》り返れば全てが黒歴史レベルの、酷いプランニングである。
それでも、当時の春輝としては一生懸命《いっしょうけんめい》に考えてのことだったのだ。
貫奈も、楽しそうにしてくれていたと思う。
もしかすると、春輝の気持ちを汲《く》んで気を使ってくれていただけなのかもしれないが。
ただ、いずれにせよ。
春輝の胸の内のムズムズは、この日もずっと晴れていなかった。
「……なぁ、桃井」
ほとんど食事も終えた頃《ころ》、そのムズムズが抑《おさ》えきれずに春輝はそう呼びかける。
「はい、なんでしょう？」
貫奈は、特に思うところもなさそうに首を傾《かたむ》けた。
「あのさ……その……」
言い淀《よど》みながら、視線を左右に彷徨《さまよ》わせる。
胸の内に、何か伝えたいことがある気はするのだ。
けれど、それを表す言葉がどこにも見当たらなかった。

「なんて、言えばいいのかな……」

それが、とてもとても歯痒《はがゆ》い気分。

「……友達って、そんなに必要か？」

結局、最終的に己の口から出てきたのはそんな台詞《せりふ》だった。

言いたいことの一端《いったん》は、表せたような気がする。

けれど、何かが致命的《ちめいてき》に足りていないような。そんな、感覚を覚える。

「えっ……？」

春輝の言葉を受けて、貫奈はパチクリと目を瞬かせた。

「……そういう風に考えたことは、なかったです」

顎《あご》に指を当て、顔を俯《うつむ》ける。

垣間見《かいまみ》える表情は、春輝が言ったことを噛み締《し》めているかのように見えた。

「……先輩」

しばしの間を挟《はさ》んだ後、顔を上げた貫奈が春輝と目を合わせる。

「先日言った通り、私にとってあそこは……図書室のあの場所は、ただの逃避《とうひ》先だったんです。あんまり人のいないところなら、どこでも良くて」

「……？」

脈絡《みゃくらく》のない話が始まった気がして、春輝は顔に疑問を浮かべた。

「先輩がそこに現れた時は、正直……マジかよ空気読んでくださいよ、とか思っちゃいました。逃避先、ミスっちゃったかなーって」

「お、おぅ……」

貫奈の立場からすれば、確かにそうなのかもしれないが。

あまりに率直な物言いに、何と返せば良いのかわからなかった。

「でも」

貫奈が微笑《ほほえ》む。

「あそこに行くことにして、良かったです」

それは彼女と出会ってからこっち、初めて見るあけすけな笑みに思えた。

「えっ、と……なんで、そう思ったんだ？」

密《ひそ》かにドギマギしつつも、問いを返す。

「先輩《せんぱい》に、会えましたから」

「えっ……？」

すると貫奈が笑みを深めるものだから、更《さら》に大きく心臓が跳《は》ね回ることとなった。

（まさか……）

こういった台詞は、実質『告白』というのが定番である。

もっとも、これまたソースはアニメや漫画《まんが》やライトノベルだが。

「今の先輩の言葉で、少し気が楽になった気がします」

「あ、あぁ、そういう意味か……」

拍子抜《ひょうしぬ》けした気分と共に、納得も抱《いだ》く。

（まぁ、そりゃそうだよな……図書室でだけ会う女の子と恋《こい》に落ちる、なんて展開がリアルであるわけねぇだろ……まして、俺なんだし……）

浮かべるのは、自嘲《じちょう》を込めた半笑いで。

「？　そういう意味、とは？」

「い、いや別に！」

先日とは、逆の構図であった。


その後は、特にどうということもない雑談をしばらく交わした後に解散したのだが。

それからも、春輝は貫奈の状況《じょうきょう》をどうにか出来ないかと頭を悩《なや》ませた。

けれど、結局。

貫奈を助けたいという春輝の願いが叶《かな》うことは、なかった。

ただし、それは貫奈に終《つい》ぞ友人が出来なかったという意味ではなく……春輝が何もせずとも、貫奈自身が解決に向けて踏《ふ》み出したのだ。勇気を出してクラスの子に話しかけた、そしたら向こうからも話しかけてくれるようになった、一緒に休み時間を過ごしてくれるようになった。図書室の例の席で顔を合わせる度《たび》、貫奈は嬉《うれ》しそうに報告してくれた。

貫奈に友達が出来たことで、春輝もホッとしたのは事実。

それを喜んだ気持ちに、嘘偽《うそいつわ》りはない。

けれど自分の無力さを痛感したこの出来事は、小さく刺《さ》さった棘《とげ》のように。

春輝の胸に、しこりとして残ることとなった。

◆

◆

◆

それから、十年と少しの時が経過して。

あの時と同じファミレスの中で、春輝と貫奈は向かい合っていた。

「なんつーか……悪かったな、すげぇ今更だけど」

そう言いながら、春輝は苦笑を浮かべる。

「何ですか、急に？」

前フリも何もない謝罪だったためだろう、貫奈は不思議そうに小首を傾《かし》げた。

「いや、高校時代……お前が、クラスで孤立《こりつ》してたって時さ。結局俺は、マジで何の役にも立てなかったなって。今日、改めて思い出したんだよ」

「……そんなことは、ありませんよ」

ゆっくりと首を横に振る貫奈。

「先輩の言葉に……先輩の存在に」

真《ま》っ直《す》ぐ、春輝の目を見つめてくる。

「私は、救われたんですから」

そして、微笑んだ。

「……ははっ、大げさだな」

一瞬それに目を奪《うば》われた後、春輝は苦笑を深める。

「大げさじゃないですよ」

貫奈もまた、微笑みを深めた。

「あの頃、実は先輩以外にも相談していたんですよ。どうすれば友達が出来るのか……親とか先生とか、中学時代の友達とかに」

「まぁ、それはそうだろうな」

常識的に考えて、唯一《ゆいいつ》の相談相手が図書室でだけ会う上級生ということはあるまい。

「みんな色々と助言してくれて……ありがたかったんですけど、同時にプレッシャーでもあったんです。アドバイスしてくれた人たちのためにも、早く友達を作らないとって」

「……そうだったのか」

そんな苦悩《くのう》まであったのを見抜けていなかったことを、今更ながらに不甲斐《ふがい》なく思う。

「でも、先輩は違《ちが》いました」

そんな春輝の内心を見透《みす》かしたかのように、貫奈は小さく笑った。

「友達って、そんなに必要か？　って、言われて。ふと、自分は『友達を作らないと』って気持ちだけが先行していたような気がしてきたんです。先輩の言葉のおかげで、手段と目的が逆転してることに気付けたといいますか……いないならいないでまぁいいんじゃないかな、って考えられるようになりました」

「……たぶん俺、そこまで考えて言ったわけじゃないぞ？」

当時のことを思い出すと、今でも少し胸がムズムズする。

あの時の自分が、本当に言いたかったことは何なのか。

十年以上が経過して尚《なお》、未《いま》だ言葉に出来なかった。

「だからこそ、よかったのかもですね」

そんな春輝さえをも、貫奈は肯定《こうてい》的に捉《とら》えているようだ。

「それに、最悪友達が出来なくたって図書室に行けば先輩とは話せるわけですし……って。そう考えたら、一歩踏み出せたんです」

懐《なつ》かしげに、目を細める貫奈。

「先輩が、私の居場所でいてくれたおかげですよ」

「……居場所、か」

何かが、繋《つな》がりそうな感覚があった。

当時の自分が言いたかったことが、もう少しで言語化出来そうな手応え。

そして、これは薄《う》っすらとした予感でしかなかったが。

これが、露華の問題にも繋がるような気がした。

「……ありがとな、桃井」

あの頃よりずっと気心が知れた相手に、礼を言う。

「ホントは今日、もっと別のプランがあったんだろ？　なのに……俺が悩んでるのを見て、気分転換《てんかん》でもしろって伝えてくれたんだよな」

かつての春輝が、そうしたように。

「それも、あります」

「それ、も……？」

けれど貫奈の物言いは、更なる含《ふく》みがあるものだった。

「でも実際のところは、自分のためっていうのが大きいですね」

「……？」

今回の『デート』で貫奈に得るものがあるとは思えず、春輝は首を捻《ひね》る。

「初心を、思い出したかったんです」

クスリと、貫奈は笑った。

「先輩、十年前のここで……私、言いましたよね？　図書室のあの場所に行って良かった、って。先輩に会えたから、って」

「あぁ、覚えてるよ」

当時の鼓動《こどう》の高鳴りも、よく思い出せる。

己の勘違《かんちが》いを、恥《は》じる気持ちと共に。

「あの時、先輩……それが私からの告白だって、思いませんでした？」

「……あぁ」

まさしくその点を突《つ》かれ、春輝は苦笑を浮《う》かべた。

「それ」

貫奈が、春輝の胸の辺りを指差す。

「あながち勘違いってわけでも、なかったんですよ？」

「…………へ？」

思わぬ言葉に、間抜けな声が漏《も》れた。

「たぶん……あの頃《ころ》にはもう、先輩のことを好きになり始めてましたから」

してやったり、とばかりに貫奈は笑みを深める。

「その気持ちをハッキリ自覚してからも、伝える勇気は出ませんでしたけどね」

それが、苦笑気味に変化した。

「結局そのまま、十年もヘタレてしまいました」

次いで、再び微笑みに。

「でも」

真っ直ぐ芯《しん》の通った、揺《ゆ》るがない表情。

「先日、ようやく言えました」

それは、仕事中に見せる『出来る女』に近い雰囲気《ふんいき》だ。

「いつから、先輩への感情が変化したのか……私自身、思い出せません。たぶん、明確なきっかけがあったわけではないと思うんです」

その先の話の流れは、見えた気がした。

「最初は、なんだかオタクっぽい先輩だなって思っただけでした」

「今の流れで俺をディスる方向にいくこととかある？」

気のせいだった。

（なんか、昔もこんな感じのことを思った気がするな……）

貫奈と出会った頃のことを思い出す。

「いい意味で、ですよ」

「何でもかんでも『いい意味』って付ければ通るわけじゃないからな？」

あの頃に比べれば、随分《ずいぶん》と気安い会話を交わすようになったものだと思う。

「本当に……そんな先輩だからこそ、一緒《いっしょ》にいると私も自然体でいられて。最初はただ安心するだけだったのが、いつしかドキドキするようになっていて」

その目が、真っ直ぐに春輝を見据《みす》える。

「いつの間にか、私が先輩《せんぱい》に抱く感情は」

紅潮した頰《ほお》。

「恋に、なっていました」

少し、瞳《ひとみ》は潤《うる》んでいて。

「先輩」

嗚呼《ああ》、その表情はまさしく。

「好きです」

恋《こい》する女性の、それだった。

きっと、春輝が気付いていなかっただけで。

「あの頃から、ずっと」

彼女が春輝に向ける表情は、ずっと同じものだったのだろうと思う。

「あの頃より、ずっと」

「好きですよ、先輩」

そんな彼女の姿が、春輝にはとても眩《まぶ》しく見える。

「桃井……お前、いい女になったよな」

本心からの言葉であった。

「だとすれば、先輩のおかげですよ」

そんなわけはないと思うけれど、彼女がそう考えてくれていることはきっと事実で。

「ありがとう」

その気持ちに対して、礼を言わずにはいられなかった。

「そんで」

そこから先を口にするのは、酷《ひど》く気が重かったけれど。

「ごめんな」

そう伝えるのが、今の自分に出来る精一杯《せいいっぱい》の誠意だと思った。

「今は自分の恋愛《れんあい》とかそういうの、考えられそうにないんだ」

直近の露華の件もそうだが、それだけではなく。小桜姉妹が春輝の家に住んでいる間は、本当の意味で彼女たちの柵が消えたとは言えない。いつか、全てが解決して……三人が春輝の元を離れるその日まで。自身のことよりも彼女たちのことを優先したいと考えていた。そんな状況《じょうきょう》で誰《だれ》かと恋愛関係になるというのは、相手に対しても不誠実だと思う。

「…………そう、ですか」

少しの沈黙《ちんもく》を経た後に、貫奈は俯《うつむ》いた。

かと思えば、すぐに顔を上げる。

「ですが」

「『今は』ということは、いずれ考えていただけるということですよね？」

「え……？」

思わぬ返しに、春輝は言葉に詰《つ》まった。

「まぁ、そう……なの、かな？」

今のところあまり想像出来ないが、小桜姉妹の問題が完全に解決したならば自身の恋愛について考える時も来る……の、かもしれない。

「なら、それまで待ちますよ」

貫奈が浮かべる笑みには、力強さが感じられる。

「十年、片思いを続けたんです。今更《いまさら》、もう少し続いたところで変わりませんよ」

「そう……なの？」

肯定も否定もしづらく、結局返答は疑問混じりのものとなった。

「そうなんです」

やはり貫奈は力強く言い切る。

「と、いうわけで」

そして、春輝に向けて手を差し出してきた。

「今後ともよろしくお願いしますね、先輩？」

「あぁ、うん……」

勢いに押される形で、その手を取る。

「よろしく……？」

「はいっ！」

曖昧《あいまい》な調子の春輝に対して、貫奈はやはり力強く頷《うなず》くのだった。

◆　◆　◆

春輝と貫奈の握手《あくしゅ》が交わされる中、そこから少し離《はな》れたテーブルでは。

「強い……！　桃井さん、強すぎる……！」

「これは、思ってた以上に強敵……」

「今の流れから、まさかリカバリするとはね……」

「正直、わたしだったら諦《あきら》めてるところ……」

突っ伏《ぶ》すような格好で隠《かく》れながら、露華と白亜が感嘆《かんたん》を表情に浮かべていた。

「……ところで、今更だけど」

と、白亜の目が春輝たちの方から露華へと移る。

「ロカ姉、今日のデートコース予測は完璧《かんぺき》だった。どうやったの？」

今日、春輝と貫奈が行く先々で三人の姿があったのは偶然《ぐうぜん》ではない。貫奈が選ぶであろうデートコースを露華が予《あらかじ》め予測し、張り込んでいたのである。ついでに日雇《ひやと》いのバイトなども入れてお金を稼《かせ》ぐ、一石二鳥作戦であった。

「この辺でデートっつったら場所は限られるし、春輝クンの好みに合わせるとこんな感じかなーって。まさか、昔の春輝クン自身が考えたコースだとは思わなかったけど。お姉がヘルプ行ってる店で、桃井さんが昔バイトしてたって情報が得られたのもデカかったね」

「なるほど……流石《さすが》、悪知恵《わるぢえ》にかけてだけは天才的」

「それ、本当に褒《ほ》めてる？」

感心の声を上げる白亜に、露華がジト目を向けた。

「……でも」

とそこで、口数が少なくなっていた伊織が声を上げる。

「デートの邪魔《じゃま》をするだなんて……本当に良かったのかな……？」

最終的に伊織も加担はしたが、胸にはずっと罪悪感が燻《くすぶ》っていた。

「お姉は、春輝クンがあの人に取られちゃってもいいの？」

「そういうわけじゃ、ないけど……」

露華に返す言葉も、どうしても歯切れが悪くなる。

「でも春輝さんは物じゃないし……本人の意思で選ぶんなら、仕方ないっていうか……」

「えーい、今更ウダウダ言わない！　もう終わったことなんだし！」

「というかそもそも、結局あんまり邪魔出来ていなかった気もする」

露華がガーッと吠《ほ》え、白亜が「やれやれ」と首を横に振《ふ》った。

「でも……」

伊織の「でも」は続く。

「……うん」

少し間を開けて、頷く伊織。

「やっぱり、デートの邪魔したりするのは今回限りにしよう」

その目には、毅然《きぜん》とした光が宿っていた。

「ホントに、桃井さんは凄《すご》くて……告白もちゃんとして、断られても諦めないで……」

彼女に比べれば……告白自体を誤魔化《ごまか》して有耶無耶《うやむや》にしてしまった自分の想《おも》いなんて、ちっぽけなものなんじゃないかと思えてくる。

「だけど」

貫奈の十年に及《およ》ぶ想いを知った時も、弱気に負けそうになった。

「それでも……私の気持ちだって、本物だから」

けれど妹たちのポジティブさを見て、再びしっかり前を向くことが出来たのだ。

「だからこそ、正々堂々と競わないといけないと思う」

そう何度も、情けないところを見せるわけにはいかない。

「まぁ確かにわたしも、あまりよろしくなかったとは思う」

白亜がしたり顔で頷いた。

「もちろん、正々堂々と戦っても負けないし……！」

そして、「むんっ」とやる気満々の表情で両拳《こぶし》を握《にぎ》る。

「そうだね、一緒に頑張《がんば》ろうね」

「……イオ姉には、わたしともライバル同士という自覚が足りていない気がする」

伊織に頭を撫《な》でられ、白亜はぷくっと不満げに頬《ほお》を膨《ふく》らませた。

そんな二人の、傍《かたわ》らで。

「……はぁ」

二人から顔を背《そむ》けて、露華はそっと溜《た》め息《いき》を吐《つ》く。

「明日はまた学校、か……」

空気に溶《と》けていくような呟《つぶや》きは、誰の耳にも届かなかったけれど。

「………………」

伊織がその様を心配そうに見ていることに、露華が気付くことも終《つい》ぞなかった。

第5章　決断と遠い場所と未体験と繋《つな》がった手と

貫奈《かんな》との『デート』の翌日、月曜日。

制服姿の小桜《こざくら》姉妹と、スーツ姿の春輝《はるき》は一緒《いっしょ》に家を出た……その、直後。

「……あ」

白亜《はくあ》が、小さく声を上げる。

「今日、体育あるの忘れてた……」

「えっ、そうなの？」

白亜の言葉に、伊織《いおり》が若干焦《じゃっかんあせ》った表情になった。

「それじゃ、体操服持っていかないとだよね……ほら、用意するから来てっ！」

「ん……」

踵《きびす》を返す伊織に、頷《うなず》いて白亜も続く。

「あっ、すみません春輝さん、先に行っていただいても……」

「ははっ、いいよそれくらい。待ってるから、ゆっくり行ってきな」

「す、すぐに戻《もど》りますのでっ！」

春輝に一礼してから、伊織は慌《あわ》ただしく家の中へと戻っていった。

「別に遅刻《ちこく》ギリってわけじゃないんだし、お姉もあんなに焦ることないのにね？」

「だな……」

呆《あき》れ顔の露華《ろか》の隣《となり》で、春輝は苦笑を浮《う》かべる。

そのまま特に何をするでもなく、待つことしばし。

「……っ」

ふと、露華の表情が固まった。

その視線の先は、春輝の後ろ側にあるようだ。

「……？」

不思議に思って、春輝も振り返る。

そこには、露華と同じ制服を着た二人の少女がいた。それ自体は、別に珍《めずら》しいことでもない。露華たちの高校に通う子はこの辺りにも多いし、ここは駅への経路の一つだ。

ただ……二人の視線は、明らかに春輝と露華に向けられており。

「もしかして、あの人が小桜さんの……？」

「そうかも……」

風に乗って、ひそめき合う声が僅《わず》かに届いてくる。

その段に至り、春輝もようやくハッとした。

（もしかして、あの子たちって露華ちゃんのクラスメイトか……⁉）

であるならば、この状況《じょうきょう》は非常にマズいと言えよう。

（これ、完全に誤解が強固になるやつじゃねぇか……！）

援助交際《えんじょこうさい》で知り合った男性の家に転がり込んだ、という噂《うわさ》。

今まさに春輝の頭を悩《なや》ませている問題が更《さら》に拗《こじ》れるのは、避《さ》けねばならない。

（……んんっ？）

「あの……！」

「春輝クン」

彼女たちの方へと歩き出そうとした春輝の手を、露華が後ろから握《にぎ》ってきた。

「えっ……？」

疑問の声と共に、足を止めて振り向く春輝。

「やっぱり、あの二人……」

「だよね……？」

その間に、件《くだん》の少女たちは気まずげな表情でそそくさと立ち去ってしまった。

「露華ちゃん、ちゃんとあの子たちに誤解だって説明しないと……」

焦り混じりに、春輝は露華の顔と手を交互《こうご》に見る。

「あのさぁ、春輝クン。説明するっつっても、どう言うつもりなのさ？　この状況、どう言い繕《つくろ》ったところで誤魔化《ごまか》してるとしか思われなくない？」

「う……」

確かに、言われてみればそんな気がした。

「だ・か・らぁ？」

露華がニンマリと笑う。

「むしろ、噂を事実にしちゃった方が早いじゃーん？」

そして、春輝の腕《うで》をギュッと掻《か》き抱《いだ》いた。

「それに何の意味があるんだよ……」

冗談《じょうだん》の類《たぐい》だと判断し、苦笑する。

「意味は、あるよ？」

春輝を見上げながら、露華は小首を傾《かし》げた。

その顔から、ふと笑みが消えて。

「ウチが、幸せになれる」

真摯《しんし》に見える、その表情。

「……ははっ、何言ってんだか」

一瞬《いっしゅん》ドキリとしてしまったが、今回も春輝は苦笑を返した。

「もう、本気なのにぃ」

子供っぽく頬《ほお》を膨《ふく》らませる様は今度こそ冗談めかした調子で、ホッとした気分となる。

「ま、ともかく。ウチのことはウチがちゃんとやるから、春輝クンは気にしないでよ。つーかこれ、春輝クンが出張ると余計ややこしくなるやつでしょ」

言葉通り軽い声色《こわいろ》で言って、露華は肩《かた》をすくめた。

「それは……まぁ、そうかもな」

一理ある、と思って頷く。実際、学校でのこととなると春輝に取れる選択肢《せんたくし》は限られる。まさか、自ら教室に乗り込んで説明するわけにもいくまい。それこそ、余計に事態を悪化させるだけだろう。それに、露華は春輝などより余程コミュニケーション能力が優《すぐ》れている。自分で言っている通り、彼女ならそう遠くないうちに自力で解決するに違《ちが》いない。

「すみません、お待たせしましたぁ！」

「今度こそ忘れ物はない……はず」

春輝がそんなことを考えていた中、玄関《げんかん》の扉《とびら》を開けて伊織と白亜が駆《か》けてきた。

「ほんじゃ、行こっか。ほら、春輝クンも」

「あぁ、うん……」

先頭に立って歩き出した露華に促《うなが》され、春輝も足を踏《ふ》み出す。

「まったくもう……前日に忘れ物のチェックしなさいって、いつも言ってるでしょ？」

「うっかりうっかり」

「ははっ……」

伊織と白亜のやり取りに、春輝は微苦笑《びくしょう》を浮かべながら目を向ける……その、直前。

「っ!?」

視界の端《はし》に映った光景に、息を呑《の》んだ。

僅かに見えた、露華の顔。春輝の視線が外れようかという瞬間、その表情に少しだけ変化が現れていたように思う。ほんの僅かな違いでしかなかったけれど……春輝の目には。

痛みを堪《こら》えているように、見えた。

「露華ちゃんっ」

そう考えた瞬間には、彼女の手を取っていた。

「へ？　なに？」

露華が目をパチクリと瞬《またた》かせる。

「行こう」

「はい？」

わけがわからない、といった表情の露華。そうだろうとは思いつつも、春輝はその手を引いて歩き始めた。いつもとは……職場や学校に向かうのとは逆の方向に、である。

「ごめん、伊織ちゃん！　今日俺、緊急《きんきゆう》で有給取るって会社のみんなに言っといて！　どうしても外せない急用が出来たから！」

「はい……？　え、えぇっ⁉」

伊織の戸惑《とまど》いの声を背に、ズンズンと歩いていく。

「ちょちょっ、春輝クン⁉　どこに行く気……⁉」

こちらも戸惑いを全面に表しながら、露華が尋《たず》ねてきた。

「どっか、知らないとこ」

「はいぃ⁉」

春輝の短い説明に、ますます戸惑いが加速した様子である。

春輝としても今ので説明出来たとは思っていないので、当然と言えよう。

「とりあえず、足の確保か」

呟《つぶや》いて、目についたレンタカーショップへと進路を変える。

「あー……もしかして」

その辺りで、露華がピンときたような表情を浮かべた。

「ウチを気分転換《てんかん》させようとしてくれてる……とか？」

「ま、そんなとこだよ」

とりあえず、頷いておく。

「もー、ウチは大丈夫《だいじょうぶ》だって言ってんのにさー」

苦笑を浮かべる露華であったが、そこに少なからず嬉《うれ》しさが混じって見える気がするのは……春輝の、願望によるものなのだろうか。

「でも……ありがとね」

彼女なら、今直面している問題もそう遠くないうちに自力で解決するのだろう。

それ自体は、間違っていないと思う。

けれど。

だからといって……今、辛《つら》くないわけはないのだ。

(なら、せめて……今の俺に出来ることを)

そんな思いが、春輝を突《つ》き動かしていた。

◆　◆　◆

レンタルした車に露華と共に乗り込み、走り出す。

目的地は、特に定めていなかった。だから、進路は適当。速度も程々。気になるところがあれば止まり、行きたい場所が見つかればそこに向かってみる。

美術館を見つけて興味本位で入ってみたり、何の変哲《へんてつ》もない公園に寄ってみたり。お昼時にはたまたま目についた定食屋に入って、微妙《びみょう》な味を前に微妙な表情となり。

走行中は、他愛もない会話で盛り上がることもあった。お互《たが》いに、何も喋《しゃべ》らない時間もあった。けれど、それだって居心地《いごこち》の悪い沈黙《ちんもく》ではなかった。

あちこちに寄り道しながら、見慣れない風景の中で車を走らせる。

そんな風に、とにかく遠くへ遠くへと進んでいって。


空が赤く染まり始める頃《ころ》、二人は砂浜《すなはま》の上を歩いていた。何という名前の浜なのかも知らないし、ここがどこなのかという正確な位置もわからない。例によって適当に進んだ結果ここに辿《たど》り着き、思い付きで降り立っただけである。

「うーみー！」

波打ち際《ぎわ》まで来たところで、露華が沖合《おきあい》に向かって叫《さけ》んだ。

「ほら、春輝クンも！　うーみー、ってやらないと！」

それから、テンションも高くバンバンと春輝の背を叩《たた》いてくる。

「やらないと、ってことはないだろ」

そう返しながら、春輝は軽く笑った。

「いやー、やらないとでしょ。だって、アニメだと大体みんなやってるもんね」

「アニメをソースにするなよ……」

「他に誰《だれ》もいないんだし、恥《は》ずかしがることないじゃん？」

露華の言う通り、周囲を見渡《みわた》す限り二人以外の人影《ひとかげ》は見当たらない。オンシーズンにはまだ遠く、平日の夕方ともなればさもありなんといったところであろう。

（……そういや、最後に思いっきり叫んだのなんていつだろうな？）

そう考えて、ふっと春輝は笑みを深めた。

「そうだな、せっかくだしやってみるか」

「オッケー。ほんじゃ、一緒《いっしょ》にね」

露華と一つ、頷《うなず》き合って。

『うーみー！』

声を合わせて、海に向かって大きく叫ぶ。

「ふふっ」

「ははっ」

そして、どちらからともなく笑い合った。

「ね？　結構気持ちいいっしょ？」

「あぁ、確かに」

実際、悪い気分ではない。なんとなく爽快《そうかい》な気持ちだった。

「……春輝クン」

ふと表情を改めた露華が、春輝の顔を見上げてくる。

「ありがとね」

その口元は、微笑《ほほえ》みを形作っていた。

「気分転換、十分出来たよ。おかげで、明日からまた頑張《がんば》れる」

そう言いつつも、彼女の表情はしかし未《いま》だ完全に晴れやかなものとは言えない……そんな風に見えるのは、春輝の気のせいではないと思う。

(頑張れる……か)

その言葉選びが、彼女の心情の表れであるように思えた。

「別に、頑張る必要はないと思うよ」

だから、春輝はそう返す。

「……え？」

　すると、露華はポカンと口を開けた。

「いや……それも語弊《ごへい》があるか」

　その表情がなんだかおかしくて、春輝は小さく笑う。

「そこで、無理してまで頑張る必要があるとは限らない……ってところかな？」

「……どういうこと？」

　ますます不思議そうな表情を浮《う》かべる露華。

「俺も、高校生まではそうだったんだけどさ」

　懐《なつ》かしさに目を細めながら、春輝は語り始める。

「君くらいの年頃ならどうしても、学校って空間が世界の大半になっちゃうよな」

　そして、実のところ。

「そこに居場所を見つけられないと、どうしようもなく辛くなっちゃうよな」

　春輝にとっては、これこそが露華を連れ出した『本題』であった。

「だけど、大人になったらわかるんだ」

　したり顔でこんなことを語るなど、気恥ずかしい気持ちもある。

「学校なんてのは単なるコミュニティの一つでしかなかった、ってさ」

けれど今だけは、『大人』ぶって語ってみせるつもりだった。

「卒業しちゃえば、もう二度と会わない相手の方が多い。そもそも学校ってのは行くに越《こ》したことはないけど、行かなかったところでどうとでもなるもんさ。学校の外にも、世界は無限に広がってるんだから。車に乗れば……それどころか、徒歩でだって。ちょっといつもと違う道の方に踏み出せば、いつだって見たことのない場所に行ける」

たぶんこれがかつて、貫奈に伝えたかったことだったのだと思う。

彼女を遊びに誘《さそ》ったのも、漠然《ばくぜん》としたそんな思いの表れだったのだろう。

けれど当時の春輝では、それをハッキリとさせることは出来なかった。それに、仮に言語化出来ていたとしても無責任な発言にしかならなかったことだろう。他ならぬ春輝自身も、学校というコミュニティに縛《しば》られていたのだから。

「……そんなの」

少しの間を置いた後、露華は唇《くちびる》を尖《とが》らせる。

「そんなの、ウチだってわかってるけど」

拗《す》ねたような、いつもよりずっと幼い印象に見える表情。

「だけど、現実問題さ。高校生なんて、高校生やるしかほとんど選択肢《せんたくし》ないじゃん。お姉や白亜に迷惑《めいわく》かけちゃうかもしれないし……それに」

スッと露華が視線を外した。

「せっかく、春輝クンのおかげでまた行けるようになった高校なんだし」

恐《おそ》らく彼女を最も縛っているのは、その優しさなのだろう。他者を気遣《きづか》うがゆえに、自分が我慢《がまん》してしまう。それは間違いなく、彼女の美徳ではあるのだが。

「いいんじゃないか？　たまには、我儘《わがまま》言ったたって」

あえて、至極《しごく》軽い口調で返す。

「我儘って……そういうレベルの話じゃないっしょ」

露華は、どこか弱々しい苦笑を浮かべた。

「大人からすりゃ、そういうレベルの話さ」

肩《かた》をすくめて見せる。

「……だったら、春輝クンは」

冗談《じょうだん》めかす春輝へと再び向けられた露華の目には、試すような光が感じられた。

「ウチが、このままどっか遠くに逃《に》げたいって言ったら……付き合ってくれんの？」

言外に、「無理だろう」と言いたげな口調。

だからこそ。

「あぁ、いいよ」

春輝は、躊躇《ちゅうちょ》なく頷いた。

「……へ？」

先程以上に呆《ほう》けた表情となる露華。

「俺は、君がそう望むなら」

口元には、笑みを浮かべたまま。

「このまま、どこか知らない街に行ってそこで暮らしてもいいと思ってる」

それは間違いなく、心から発した言葉であった。

十年前とは違《ちが》う。今の春輝はもう、一つのコミュニティに縛られたりはしていない。

そして……言葉だけではなく、責任も取れる立場にあると思っていた。

「……あ、ははっ」

露華が引きつり気味に笑う。

「何言ってんのさー、もう」

それから、笑い飛ばす……には少々勢いが足りない、ぎこちない笑みで手を振《ふ》った。

「ほら、会社とか！　どうすんのさ！」

「この業界、スキルさえ持ってりゃ割と売り手市場だからな。再就職先なんてすぐに見つかるさ。ある日突然《とつぜん》いなくなる人だって、そんなに珍《めずら》しいわけでもないし」

「や、でも、住むとことかさ！」

「それも、未成年でもなきゃそこまで難しいこともない」

「でも……その……」

そこで、一気に露華の声がトーンダウンする。

「お姉と、白亜のことは……どうするの？」

俯《うつむ》き気味となった後、上目《うわめ》遣《づか》いで春輝の顔へと視線を向けてきた。

「それなー」

実際そこが最大の懸《け》念《ねん》点ではあるので、頰《ほお》を搔《か》きながら考える。

「ま、みんなで引っ越してもいいし……実際のとこは、別に住む場所まで変えなくても他の学校に編入するだけでもいいかもしれない。仮に別に暮らすことになったとしても今生《こんじょう》の別れってわけじゃないんだし、やりようはいくらでもあるさ」

かなり漠然とした内容ではあるが、実際今の段階で言えるのはこんなところであろう。

「でも……だって、そんな……」

何かを言いたいが、何と言えばいいのかわからない。

そんな表情で、露華は口をパクパクとさせていた。

「…………本気、なの？」

たっぷり間を空けた後、恐る恐るといった様子で尋《たず》ねてくる。

「あぁ」

今度も、春輝は躊躇なく頷いた。

『家族』のために、そこまでする覚悟《かくご》もあった。

「ウチ、は……」

露華は、迷うように視線を左右へと彷徨《さまよ》わせる。

「もちろん、今すぐに決めろなんて言わないよ」

今回は春輝の意思を伝えたかっただけであり、答えまで求めるつもりはなかった。

とはいえ。

(このまま、家に……これまで通りの『日常』に戻《もど》ると、たぶんこの子は我慢してでも学校に行く方向に気持ちが傾《かたむ》いちゃうだろうな。心配、かけないように)

それは予想でしかなかったが、半ば以上そうなるだろうという確信も抱《いだ》いている。学校での問題を話さなかったのも、心配をかけたくないという思いが大きかったのだろう。

「ゆっくり、考えられるようにさ。今日は、この辺りで一泊《いっぱく》しようか」

「あぁ、うん……」

露華は未だ悩《なや》ましげな表情で、曖昧《あいまい》に頷く。

「………………って、はい⁉」

かと思えばハッと何かに気付いた様子で、見開いた目を春輝の方に向けてきた。

「今、一泊するって言った⁉」

「えっ……？　うん、言ったけど……？」

やけにオーバーなリアクションに、春輝は小さく首を捻《ひね》る。

「それって……」

顔を赤くして、自らの両手の指をモジモジと絡《から》ませていた露華であったが。

「……あー」

やがて、春輝の顔を見ながらその表情が何とも微妙《びみょう》なものに変化し始めた。

「春輝クンだもんねー、そんな意図なんてないよねー」

最終的に、諦《あきら》めの滲《にじ》んだ苦笑に至る。

「そんな意図……？」

オウム返しに呟《つぶや》いてから、春輝もピンときた。

「ははっ、『家族』相手に変なこと考えるわけないって。ちゃんと部屋も二つ取るよ」

「はいはい、ですよねー」

春輝としては安心させるための発言だったのだが、露華はなぜかジト目を向けてくる。

「ま、せっかくだしお言葉に甘えるよ。どうせ明日は祝日だし」

それから、気を取り直したような表情で春輝に背を向けた。

「ほら、あそこの旅館とかいい感じそうじゃない？」

と、やや古びた感じの建物を指差す。

「そうだな、とりあえず部屋空いてるか聞いてみよう」

「オッケー」

そんな会話を交わしながら、件《くだん》の旅館へと向かう二人。

「ってかウチ、旅館に泊《と》まるのとか初めてかも？　テンション上がるわー」

笑みを浮《う》かべる露華ではあるが、やはり迷いは晴れていない様子であった。

それはそうだろうと思うし、それでいいとも春輝は思っている。

（どんな答えを出しても……俺は、それを受け入れよう）

そう、心に決めていたから。

……と、この辺りまでは『大人』としての態度を貫《つらぬ》いていた春輝であったが。

その日の夜。

「えっと……春輝クン」

「な、何かなっ？」

「そろそろ、寝《ね》よっか！」

「あ、うん、そうだなっ！」

二つ並んだ布団の上に座り、露華と共に若干《じやっかん》裏返り気味の声で会話を交わしていた。

なぜ、このような状況《じょうきょう》になったのか。

時は、数時間ほど遡《さかのぼ》る。

◆　◆　◆

そもそもの始まりは、旅館のフロントでのことであった。

「すみません、本日となりますと部屋の空きが……」

二人を前にして、仲居さんが申し訳なさそうに眉根《まゆね》を寄せる。

その瞳《ひとみ》には、ほんの少しだけ探るような光が垣間見《かいまみ》えている……ような、気がした。

「一部屋だけなら、あるのですが……」

春輝と露華の関係を測りかねている、というところだろうか。

「そうですか、それなら……」

先程、部屋は二つ取ると露華に言ったばかりである。

当然、春輝としては断ろうとしたのだが。

「なら、一部屋でオッケーでっす！」

春輝の言葉を遮《さえぎ》りながら、露華がギュッと腕《うで》に抱きついてきた。

「ねっ、お兄ちゃん？」

春輝が抗議《こうぎ》する前に、そう言ってウインク一つ。

「なるほど、ご兄妹《きょうだい》でしたか……？」

「いや……」

半ば反射的に、仲居さんの言葉を否定しようとした春輝だったが。

（……あれ？　ここで否定すると、マズくないか……？）

兄妹でないとすれば、どういう関係だというのか。恐《おそ》らくそこまで突《つ》っ込んで尋ねてくることはないだろうが、訝《いぶか》しまれることは確かだろう。

というか現時点で既《すで》に、仲居さんが春輝に向ける目には不審《ふしん》げな色が混じっている気がした。気のせいだと思いたいところではあるが、余計な波風を立てるのも避《さ》けたい。

ということで。

「そ、そうだな！　うん、もちろん兄妹だし問題ないよな！　ははっ！」

若干棒読み気味に言って、頷《うなず》く春輝であった。

「それじゃ、一部屋でよろしくお願いします！」

ここまで来ると、半ば以上ヤケクソな気持ちとなっている。

「それでは、こちらに記帳を」

「あ、はい……」

促《うなが》されるままに、ペンを取って必要事項《じこう》を記入しながら。

（まぁ実際、兄妹みたいなもんと言っても過言ではないよな。『家族』なんだし）

そう考えて、自分を納得させた。

「露華ちゃん、あんま困らせないでくれよ……」

とはいえ、仲居さんが手続きのために背を向けた隙《すき》に小声で抗議は送っておく。

「およ？　親子ってことにした方が良かったかにゃあ？」

すると、露華はニンマリと笑った。

「今からでも、そう訂正《ていせい》しようか？　パァパ？」

「それだと完全にそういうことだと思われるからやめなさい……！」

耳元で囁《ささや》いてくる露華に、春輝は半笑いで返す。

「おや……？　今、何やら『パパ』とか聞こえたような……？」

『っ⁉』

そこで仲居さんが不審そうに振り返ってきたので、二人して頬を引き攣《つ》らせた。

「あははっ！　いやその、ウチらのパパの話をしてて！　ねっ、春……お兄ちゃん⁉」

「あぁうん、そうなんです！　明日は親父何時に帰ってくるかなぁ、なんてね！」

焦《あせ》った表情で言い繕《つくろ》う露華に、春輝も早口で続く。

「あら、そうでしたか」

納得した様子で、仲居さんは頬に手を当てた。

「仲の良いご家族なんですね」

次いで微笑《ほほえ》ましげに言ってくる仲居さんに、春輝と露華は一度顔を見合わせて。

『はいっ』

二人に同時に、笑顔で頷いた。

といった風にフロントで一悶着《ひともんちゃく》ありつつも、部屋に案内されて。

「春輝クン、ここ温泉あるんだって！　行ってみよ行ってみよっ！」

館内案内に目を通していた露華から、そんな提案が上がる。

「そうだな、せっかくだし」

春輝も、軽い調子で頷いた。

「にひひっ、残念ながら混浴じゃないみたいだけどね？」

「たとえ混浴だったとしても一緒《いっしょ》には入らねぇよ……」

「前にも一緒に入った仲っしょ？」

「あれは『一緒に入った』ってカテゴリにはならないだろ……入ってきたかと思えばすぐ出てったし……つーか、自分からそれを言ってくるのか……」

「ふっ……ウチもついにあの件を乗り越《こ》えたってことよ」

「顔、赤くなってるけど……」

なんて会話を交わしながら、浴場へと向かい。

そして、温泉を堪能《たんのう》した後には。

「温泉といえば、卓球《たっきゅう》だよね！　卓球やろうよ、卓球！」

「それは普通《ふつう》、風呂《ふろ》に入る前にやるものなんじゃないか……？」

「いーじゃんいーじゃん、やりたいと思った時がやるべき時なんだよ」

「なんか名言っぽく言うなよ……」

「中学時代に部活で鍛《きた》えた卓球の腕、見せてあげるんだから」

「卓球部だったの？」

「や、将棋《しょうぎ》同好会だったけど半分くらいは卓球やってたからさ」

「同好会らしい緩《ゆる》さだな……」

そんなやり取りを挟《はさ》んでから、結局卓球に興じ。

そうこうしているうちに、夕食の準備が出来たということで大広間に向かう。

「おー、めっちゃ豪華《ごうか》だね！」

「夕食付きのプランにして良かったな」

「春輝クン、まずはビールっしょ？　お酌《しゃく》、してあげるね」

「おっ、悪いね。ありがとう」

「ささっ、グッといっちゃって！」

「なんかちょっと気になるノリだな……んっ……プハッ！」

「ヒュウ、いい飲みっぷり！　せっかくだし、次ドンペリいっちゃう？」

「たぶん置いてないだろドンペリ……つーか、そのノリやめてもらえる!?　なんか周りが
『もしかしてコイツら……』みたいな目になってきてる気がするから！」

「あっ、ごめんごめん。『店』の外だもんね」

「完全にそっちに寄せるな！」

と。この辺りまでは、ある意味で順調だったと言えよう。

露華も演技ではしゃいでいるわけではなさそうで、良い気分転換《てんかん》になっていたと思う。

問題は夕食の後、部屋に戻《もど》ってのことであった。

『……あ』

それを見て、春輝と露華の声が綺麗《きれい》にハモる。

夕食の間に用意してくれたらしく、布団が敷《し》かれていた。それも、二セット。一部屋を二人で取っているのだから、当然ではある。しかしほとんど隙間《すきま》なく間近に並べられたその光景を見ると、今夜同じ部屋で眠《ねむ》るのだという事実が否応《いやおう》なしに意識させられた。

「あっ、ははー……布団、近いねー」

「ははっ、そうだな……」

二人してぎこちない笑みを浮かべて、見たままの感想を発する。

「もうちょっと、離《はな》そうか……」

苦笑と共に、部屋の中へと足を踏《ふ》み入れる春輝。

「待って！」

その手首が、後ろから摑《つか》まれた。

「ん……？」

「あ……」

疑問を浮かべながら振《ふ》り返ると、小さく口を開いた露華と目が合う。どうにもその表情は、自分でもどうしてそんな行動を取ったのかわからない、といった風に見えた。

「あー……っと」

露華は手を離し、取り繕うように自身の頰《ほお》を搔《か》く。

「ま、いんじゃない？　このままでもさ」

春輝から目を逸《そ》らしながら、そんなことを口にする露華。

「ほら、せっかく敷いてくれたんだしね！」

それから、早口で言いながらズイッと迫《せま》ってくる。

「その労力を無駄《むだ》にするのも、なんかアレじゃん!?　ねっ！」

「お、おう……」

言っている意味はよくわからなかったが、勢いに押されて思わず頷いてしまった。

「ま、まぁアレだよな。兄妹ってことにしてるし、仕方ないよな」

「うんうん、その通りだねっ！」

自分でも何が『仕方ない』のかよくわかっていない春輝の言葉に、露華が大きく頷く。

「…………………」

その後には、妙《みよう》な気恥《きは》ずかしさを伴《ともな》う沈黙《ちんもく》が訪れた。

◆　◆　◆

それから、汗《あせ》をかいたからとまた浴場に行ってみたり、マッサージを受けてみたり、無駄にお土産《みやげ》コーナーをひやかしてみたり、廊下《ろうか》に飾《かざ》ってある謎《なぞ》のオブジェを眺《なが》めてみたり……と、二人で言い訳でも探すかのように時間を潰《つぶ》して。

時刻も十分に『夜』と呼ぶべき頃《ころ》となり、いい加減やることもなくなって……露華の「そろそろ、寝《ね》よっか！」発言を経て現在に至るわけである。

「やー、今日はあちこち回って疲《つか》れたしよく眠れそうだよねー！」

「あぁ、そうだね」

どこか白々しく聞こえる露華の言葉に、春輝もわざとらしく頷いた。

実際、疲れは感じている。普段であれば、露華の言う通り眠気もきていたことだろう。

しかし現在はどうにも妙な緊張感《きんちょうかん》が渦巻《うずま》いていて、とてもすぐには眠れそうになかった。

（落ち着け……露華ちゃんは『家族』なんだし、妹みたいなもんだろ……兄妹《きょうだい》なら、隣《とな》り合った布団で寝るくらい何でもない……はず……たぶん……）

自分に言い聞かせるも、その中でさえも若干《じゃっかん》の自信のなさが表れている。

「ほんじゃ、おやすみっ！」

逃《に》げるような素早さで、露華が布団の中に潜《もぐ》り込んだ。

「……おやすみ」

部屋の明かりを消して、春輝も布団を被《かぶ》る。

「…………」

「…………」

再び訪れる、沈黙。

息遣《いきづか》いから、双方《そうほう》どこか落ち着かない気分であることがなんとなく察せられた。

「……ね、春輝クン」

ポツリと、露華の呟《つぶや》きが僅《わず》かに空気を震《ふる》わせる。

「手、握《にぎ》ってもいい？」

「えっ……？」

予想していなかった申し出に、思わず疑問の声が口を衝《つ》いて出た。

「……いいよ、ほら」

けれど、少しの間を空けた後に布団から手を出し露華の方へと向ける。

「ん……ありがと」

その手が、ぎゅっと握られた。

「春輝クンの手、おっきいね」

クスリと笑う気配が伝わってくる。

「それに、あったかい」

「……露華ちゃんの手も、あったかいよ」

暗闇《くらやみ》の中でお互《たが》いの境界が曖昧《あいまい》になり、手の温《ぬく》もりが混ざり合っていくようだった。

「そっか」

再び、露華の笑う気配。

「……昔ね」

静かに紡《つむ》がれるその声は、いつもの賑《にぎ》やかなものとは随分《ずいぶん》異なる印象を伴って聞こえる。

「小さい頃に、お母さんが死んじゃって。たぶん当時のウチは、そんなことわかってなかったんだろうけどさ。どこを探してもお母さんがいなくって、しょっちゅう泣いてたの。

特に夜になると、寂《さび》しくて……毎晩、泣いてたと思う」

話の内容に反して、その口調はどこか微笑ましげであるように感じられた。

「でもそんな時は、お父さんやお姉がこんな風に手を握ってくれて……そうしたら、なんだか安心出来て。ようやく、眠れてたんだ」

繋《つな》がった手に、少しだけ力が込められる。

「あの時の手も、こんな風にあったかかったなぁ」

春輝は、黙《だま》ってその懐《なつ》かしげな声に耳を傾《かたむ》けていた。

「……ウチさ」

露華の声色《こわいろ》が、また少し変化する。

「まだ、迷ってるんだ」

何のことについてなのかは、言われずともわかった。

「春輝クンが、あそこまで言ってくれたのにね。どうすべきなのか……ウチは、どうしたいのか。まだ、全然わかんなくて……」

言葉通りに、迷いを孕《はら》んだトーン。

「ごめ……」

「いいさ」

謝罪の言葉を、遮《さえぎ》る。

「答えが出るまで、いつまでだって悩《なや》めばいい。いや……別に、答えを出さなくたっていいんだよ。十分に悩んだってこと自体が、きっと何かに繋がるだろうから」

春輝も、偉《えら》そうなことを言えるほど経験が豊富なわけではない。

ただ、かつて悩んだからこそ伝えられる言葉はあると思っていた。

「君が安心して悩めるようにするのが、大人である俺の役目さ」

十年前には、持てなかった言葉。

「だから存分に悩め、若人《わこうど》」

言ってから、ちょっとオヤジ臭《くさ》かったかと思って苦笑を浮《う》かべる。

「ふふっ……なんかオヤジ臭いよ、春輝クン」

果たして、露華もそう言って笑った。

「でも……ありがとね」

暗闇の中なのに、なぜか彼女が穏《おだ》やかな笑みを浮かべていることが伝わってくる。

「…………」

「…………」

それから、また沈黙が訪れた。

けれど今度の沈黙には、気まずさは感じられなくて。

「……すぅ……すぅ」

やがて、隣から穏やかな寝息が聞こえ始めた。

その頃になって、春輝もいつの間にか当初の緊張感が霧散《むさん》していることに気付く。

それを自覚すると、入れ替《か》わるように急激に眠気《ねむけ》が訪れてきた。

「くぁ……」

大きなあくびを漏《も》らす間も、刻一刻と意識がブラックアウトしていく。

（俺は……今度こそ、上手《うま》く伝えられたのかな……）

完全に眠りに落ちる直前に、そんなことを思った。

◆　◆　◆

それから、どの程度の時間が経過した頃のことだろうか。

目覚める直前なのか、夢の世界に旅立った直後だったのか。

あるいは、夢の中の出来事だったのかもしれない。

そんな、酷《ひど》く曖昧な認識の中で。

唇《くちびる》に、何か柔《やわ》らかいものが触《ふ》れた……ような、気がした。

エピローグ　迎《むか》える家族と帰る家と、続く日常と

翌朝。

「やー、にしても良く寝《ね》たわー！」

旅館を後にしながら、露華《ろか》は大きく伸《の》びをしていた。

「どうやらウチ、枕《まくら》が変わっても全然問題ないタイプだったっぽいね」

「そりゃ何よりだ」

昨日より随分《ずいぶん》スッキリした印象を受ける彼女の表情を見て、春輝《はるき》は微笑《ほほえ》む。

「なーんか……さ」

露華は少し早足になって、春輝より数歩分先行した。

「ウチ、自分のことなのにそんなことも知らなかったんだなって」

歩きながら、顔を大きく上げる。空を見ているのだろうか。

「お父さんが忙《いそが》しくて家族旅行どころじゃなかったし、そういえば誰《だれ》かと泊《とま》りでどっかに行った経験って修学旅行くらいしかなくて。その時は、徹夜《てつや》で騒《さわ》いでたしさ」

どんな表情を浮《う》かべているのか、春輝からは見えない。

「春輝クンがウチを連れ出してくれたワケ、ようやく本当の意味でわかった気がする」

ふと、露華が足を止める。

なんとなく、春輝も追いつくことなくその場で立ち止まった。

「学校のこと、さ……ホントはウチ、踏《ふ》み込むのが怖《こわ》かったんだよね」

露華は引き続き背を向け、空を見上げたまま。

「今は、単にちょっと孤立《こりつ》してるって程度だけど……下手《へた》に何かしたら、もっと悪い状《じょう》況《きょう》になるんじゃないかって。そう思うと、何も出来なかった」

小さく、息を吐《は》き出す気配。

「でも」

そして、クルリと振《ふ》り返ってきた。

「誤解が解けるよう、動き出してみるよ」

その顔に浮かぶのは、満面の笑みである。

「だってさ」

それが、少しだけ変化する。

「それでダメでも……逃《に》げたくなっても、春輝クンが一緒《いっしょ》に来てくれるんでしょ？」

見慣れた、イタズラっぽい笑み……とも、どこか違《ちが》うように感じられた。

それよりも、随分と大人びて見えて。

(綺麗《きれい》……だな)

可愛い、ではなく。

そう感じた。

「あれれ？　一緒に来てくれないのかにゃー？」

からかう調子の言葉に、ハッとする。

「あぁ、いや、もちろんその時は一緒に行くさ」

少し早口気味に、本心からの言葉を返した。

「たとえ何があっても、俺はずっと君の『居場所』であり続けるよ」

微笑んでそう付け加えると、露華はパチクリと目を瞬《またた》かせる。

「あ、ははー。なんか、その言い方だとさ」

それから、少し赤くなった顔を逸《そ》らした。

「春輝クン、ウチと結婚《けっこん》してくれるみたい……だよね」

ポツリと、呟《つぶや》く程度の声量。

「……えっ？」

今度は春輝が目を瞬かせた。

「や、いや、そういうことじゃなくて……！」

勿論《もちろん》そんな意図はなかったので、慌《あわ》てて手を横に振る。

「家族としてって話で、あと、未成年のうちは流石《さすが》に責任を持つっていうか……」

「……はぁ。ですよねー」

しどろもどろに言い訳すると、露華が露骨に大きな溜《た》め息《いき》を吐《つ》いた。

「なんでそんな、『ダメだこいつ』みたいな目に……⁉」

春輝としては、解《げ》せぬ気持ちである。

「いやぁ、相変わらず春輝クンは女心がわかってないなぁって」

「ぐむ……」

女心がわかっているとは言い難《がた》いことは自覚しているので、呻《うめ》くしかなかった。

「けど、ほら、露華ちゃんもアレだ。言い方には気をつけないとダメだぞ？　『結婚してくれる』なんて言い方したら、君が俺との結婚を望んでるみたいじゃないか。男ってのは、そういうしょうもない勘違《かんちが》いをするもんなんだからさ」

意趣返《いしゅがえ》しのつもりで、そう指摘《してき》する。

「…………はぁ」

「なんで『ダメだこいつ』レベルが上がった感じに⁉」

露華の目に宿る温度がだいぶ冷たい感じになったので、思わず叫《さけ》んでしまった。

「……ぷっ、ははっ」

そんな春輝を見て、露華が吹《ふ》き出す。

「なーんて、アホなこと言ってないでさ」

そして、歩みを再開させた。

「帰ろっか」

そう口にする彼女の表情は前向きなもので、昨日までの迷いはもう消えている。

「ウチらの、家にさ」

「あぁ、そうしよう」

だから、春輝も晴れやかな気持ちで大きく頷《うなず》いたのだった。

◆　◆　◆

「たっだーいまー」

「ただいまー」

軽やかな調子で挨拶《あいさつ》を口にする露華に続き、玄関《げんかん》をくぐる。

するとすぐに、パタパタパタパタッと慌ただしい足音が家の奥から聞こえてきた。

「露華っ！　春輝さんっ！」

程なく、伊織《いおり》が玄関に姿を現す。

その表情には、心配げな様子がありありと見て取れた。

「良かった、ご無事で……」

春輝と露華の顔を交互《こうご》に見てから、安堵《あんど》の息を吐く。定期的に電話で状況は連絡《れんらく》していたのだが、露華のことを優先するために詳細な事情は説明していなかったのだ。

「だから、ハル兄がいるんだし大丈夫《だいじょうぶ》だってわたしは言ってたのに」

次いで、白亜《はくあ》がやってきた。こちらは言葉通り、フラットな表情だ。

「やー、なんかウチのせいでごめんねー」

「ごめんな、心配かけちゃって」

露華が軽い調子で、春輝が頭を下げながら謝罪する。

「あっ、いえ、ちゃんと連絡はいただいていましたし……」

慌てた様子で首を横に振る伊織。

「……露華」

それから、露華の顔をまじまじと見つめた。

「良かった、悩《なや》みは解決しそうなんだね」

そこでようやく、伊織の顔に笑みが浮かぶ。

「……お姉、気付いてたんだ」

対する露華は、顔に驚《おどろ》きを表した。

「気付くよ……だって、お姉ちゃんだもん」

微笑みを深めた後、伊織の眉《まゆ》がハの字に寄せられる。

「だけど……ごめんね。何に悩んでるかまでは、わからなかったから……結局私は、何も出来なかったみたいだね」

「や、ウチの方が言ってなかっただけだし」

若干《じゃっかん》慌て気味に、露華はパタパタと手を振る。

「まー結局、ウチが何に悩んでんのかっつーと……」

「いいよ」

頭を掻《か》きながら話し始めようとする露華の唇に、伊織がそっと指を当てた。

「言いたくないから、言わなかったんでしょ？」

「ん……まぁ……」

伊織の指摘に、露華は気まずげに言い淀《よど》む。心配をかけたくなかったというのが一番大きな理由ではあったのだろうが、確かに『クラスで孤立している』という状況そのものが人には言いづらいことかもしれない。

「イオ姉の言う通り。解決の目処《めど》が立ってるなら、言いづらいことを言う必要はない」

と、白亜がしたり顔で頷いた。

「そして、ロカ姉の悩みが問題なさそうなら他に最優先で追及《ついきゅう》すべき議題があるはず」

次いで、その目つきが妙《みょう》に鋭《するど》くなる。

「あぁ……うん、そうだね……」

ゆらり、伊織の背後にオーラのようなものが見えた……気がした。

『……?』

春輝と露華は、顔を見合わせて疑問符《ぎもんふ》を浮かべる。

「何か、あったのか……?」

表情を引き締《し》め、尋《たず》ねる春輝。

「何か、ですか……?」

「それは、こっちの台詞《せりふ》」

伊織は妙な『圧』を放った笑顔で、白亜はジト目で、それぞれ春輝を見上げてきた。

「二人でお泊《とま》り……その間に、何かありましたか?」

「情報の開示を要求する」

二人の詰問《きつもん》に、春輝の顔はギクリと強張《こわば》る。

「いや、別に何も……」

それをどうにか愛想笑いに変えて、言い訳を試みようとするも。

「あっはー、それ聞いちゃう？　もう、仕方ないな～」

傍《かたわ》らの露華は、なぜかノリノリの口調であった。

「あのねぇ、一緒の布団で繋《つな》がり合ってぇ……」

「おいこら、いきなり捏造《ねつぞう》するな！　布団は別だったろ⁉」

慌てて否定する。

「へぇ……布団は、別だったんですか……」

「繋がり合った、っていうところも否定してない」

しかし、むしろ墓穴を掘《ほ》る結果になってしまったような気がした。

「結婚に関する話なんかもしちゃったしねー」

『結婚っ⁉』

ニンマリ笑う露華に、伊織と白亜は目を見開く。

「確かにそんな話もしたはしたけど、言い方ぁ！」

春輝は春輝で、抗議《こうぎ》の声が思わず叫びとなった。

そんな風に、場が混乱してきたところで。

――クゥゥ……

気の抜《ぬ》けるような音が耳に飛び込んでくる。

一同の視線が、その音源……伊織のお腹辺りに集まった。

「あ、あぅ……」

お腹を押さえて、伊織は顔を赤くする。

「すみません……お昼、まだ食べてなかったもので……」

そして、消え入りそうな声でそう言った。

「そーいや、ウチらもご飯まだなんだよね。なんかある？」

「あ、うん。全員分、用意してあるよ」

「そりゃありがたい。そんじゃあ、とりあえず飯にしようか」

これ幸いとばかりに、春輝は話題をそちらに持っていく。

「……ご飯は賛成だけど、ハル兄には改めて事情を聴取《ちょうしゅ》するから」

しかし、やはりと言うべきか誤魔化《ごまか》しきれはしなかったようだ。

「だから、やましいことは何もないってば……」

「それを決めるのはハル兄ではない」

「露華も、後でちゃんと話してもらうからね？」

「んっふっふー、望むところよ」

なんて、ワイワイと話しながらキッチンへと移動する。

そんな賑《にぎ》やかさに春輝が違和感《いわかん》を抱《いだ》くことも、もうない。

つい先日までは、ありえなかった光景なのに。

今は、こちらの方が『当たり前』だから。

「おっ、今日はハンバーグがメインか」

「はい、露華の好物なので」

「おー、サンキューお姉」

「ロカ姉は、意外と舌が子供っぽい」

「アンタは渋《しぶ》すぎだと思うけどね……一番の好物がイカの塩辛《しおから》とかさ」

「ほら二人とも、さっさと座ろう。また伊織ちゃんのお腹が鳴っちゃわないうちに、な」

「も、もう、春輝さんっ！」

「イオ姉、心配しないで。わたしも、今にも鳴りそうなくらいにお腹ペコペコだから」

「ウチもだよ、お姉……」

「なんか優しい目でフォローしないで!?　余計に恥《は》ずかしいから！」

露華の問題は、実際にはまだ片付いたわけではない。けれど、露華の表情はすっかり明るいものになっており……そんな彼女が踏《ふ》み出すことを決めたのならば、きっと遠くないうちに解決することだろう。春輝は、そう信じて疑っていなかった。

思春期の彼女たちは、今後も様々な問題に直面するのだと思う。

それに対して、春輝が何を出来るのかはわからない。あるいは、何も出来ないのかもしれない。それでも春輝は、何があってもこの子たちの味方であろうと思っている。ずっと、彼女たちの『居場所』でありたいと望んでいる。

頼《たよ》れる大人だなんて、胸を張れる気は到底《とうてい》しないけれど。彼女たちより少しだけ多くの経験を積んでいる身として、出来る限りのことはしてやりたいと考えている。

春輝に、新しい『日常』をくれたお礼に。

それが、いつか終わってしまうのだとしても。

せめてその時までは、この『日常』が平穏《へいおん》に続いてくれるように。

そんな願いを込めて……なんて言うと、少し大げさだけれど。

『いただきます』

皆《みんな》で、声を合わせて。

今日も、『日常』は続いていく。

あとがき

どうも、はむばねです。

無事二巻でもお会い出来ましたこと、大変嬉《うれ》しく思います。

これも応援《おうえん》してくださっている皆様《みなさま》のおかげ、心より御礼《おれい》申し上げます。


えー、さて。既《すで》に本編を読んでいただいた皆様の中には、お察しいただけている方もいらっしゃるかもしれませんが……本作は、この二巻にて完結となります。

私のこれまでの作品をご存じいただいている方からは、そこそこの確率で「今までと雰《ふん》囲気《いき》違《ちが》うね？」と言われる本作。実際、一巻のあとがきにも書きました通り私としても（今まで書いたものに比べれば）落ち着きのあるもの（当社比）になったと思っておりまして。それだけに苦労もありましたが、同時に思い出深い作品にもなりました。この物語が皆様にとっても、記憶《きおく》のどこかに残るものになっておりましたら幸いでございます。

とはいえ、今回はカクヨム掲載《けいさい》もしておりますため。ＳＳ等の形でまたこの『家族』を描《えが》くこともあるかもしれませんので、よろしければたまに覗《のぞ》いてみてやってくださいな。

今回もあとがき短めなので、以下謝辞に入らせていただきます。

TwinBox様、今回も大変素敵《すてき》なイラストを誠《まこと》にありがとうございました。美しく描かれたキャラクターたちを見られることが、モチベーションの一つでございました。

担当S様、毎度多数の貴重なご意見をいただきありがとうございました。おかげさまで、今回も自分だけでは作り上げられない物語を送り出すことが出来ました。

Web越《ご》しに、あるいは直接、応援いただいております皆様にも、厚く御礼申し上げます。皆様のお声が、日々創作への原動力になっております。

お世話になりました方全《すべ》てのお名前を列挙するわけにも参らず恐縮《きようしゆく》ですが、本作の出版に携《たずさ》わっていただきました皆様、普段《ふだん》から支えてくださっている皆様、そして本作を手にとっていただきました皆様、全員に心よりの感謝を。

それでは、またお会いできることを切に……本当に、切に願いつつ。

今回は、これにて失礼させていただきます。

はむばね

富士見ファンタジア文庫

世話好《せわず》きで可愛《かわい》いJK3姉妹《しまい》だったら、
おうちで甘《あま》えてもいいですか？2

令和2年3月20日　初版発行

著者――はむばね

発行者――三坂泰二

発　行――株式会社KADOKAWA
〒102-8177
東京都千代田区富士見2-13-3
0570-002-301（ナビダイヤル）

印刷所――株式会社暁印刷

製本所――株式会社ビルディング・ブックセンター

ISBN978-4-04-073408-8 C0193

Printed in Japan

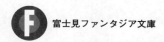

切り拓け！キミだけの王道
ファンタジア大賞
原稿募集中！
賞金
《大賞》300万円
《金賞》50万円
《銀賞》30万円
選考委員
細音啓「キミと僕の最後の戦場、あるいは世界が始まる聖戦」
橘公司「デート・ア・ライブ」
羊太郎「ロクでなし魔術講師と禁忌教典《アカシックレコード》」
ファンタジア文庫編集長
前期締切 8月末日
後期締切 2月末日
公式サイトはこちら！ https://www.fantasiataisho.com/